闲庭信步

闲庭信步

XIANTING XINBU

潘琦 著

广西师范大学出版社
GUANGXI NORMAL UNIVERSITY PRESS
·桂林·

图书在版编目（CIP）数据

闲庭信步 / 潘琦著. —桂林：广西师范大学出版社，2015.4

ISBN 978-7-5495-6415-6

Ⅰ. ①闲… Ⅱ. ①潘… Ⅲ. ①随笔—作品集—中国—当代②杂文—作品集—中国—当代 Ⅳ. ①I267.1

中国版本图书馆 CIP 数据核字（2015）第 039428 号

广西师范大学出版社出版发行

（广西桂林市中华路 22 号　邮政编码：541001
网址：http://www.bbtpress.com）

出版人：何林夏

全国新华书店经销

广西大华印刷有限公司印刷

（广西南宁市高新区科园大道 62 号　邮政编码：530007）

开本：889 mm × 1 240 mm　1/32

印张：8.375　　字数：100 千字

2015 年 4 月第 1 版　　2015 年 4 月第 1 次印刷

定价：35.00 元

自序

潘琦

《闲庭信步》是我继《黄昏散步》《青山漫步》之后连贯出版的一本集子，这样就完成了原先计划写的“三步”曲了。其实后面还陆续写了一些东西，但来不及收入进去，只待往后有机会再结集出版。

这个集子实际上是杂凑的东西，其中一部分作品算是自对人生的感悟和体验；一部分是散文、游记、随笔以及为文友、朋友、战友著作写的序、前言、后记；还有些文章是评论人家的作品，包括对一些作家的评论；最后一部分是近年来创作的歌词。我自己也记不起写了多少首歌词，过去出版过歌词专辑，而这次收入的歌词都没有发表，只当作一种补遗罢了。

在所有的内容中，我感到最为宽慰的是我对广西文化作了一些研究与思考。我在自治区党委工作时，主管宣传文化工作近 20 年。虽然对广西文化作过一些思考和研究，但都是肤浅的、零敲碎打的，因此深感内疚。退下一线之后，我倡导成立了广西桂学研究会，并组织力量对广西文化进行了全面系统的研究，对漓湘文化研究首战告捷，引起湘桂高层领导的关注。《漓湘文化之旅》记述了研究的成果。这虽然只是初步的，但已拉开了桂学研究的序幕。还有其他一些关于桂学研究的话题，也倾注了我的心血。这是我退休之后做的最有意义的一件事情。

把这些东西集合起来出版，主要是想告诉读者我退休后的工作和生活状态，抒发自己的思想感情以及人生的感悟，也许对退下来的老同志有点参考价值。当我静下来思考和回味走过的路和展望未来的日子，我深深感到，人生最有趣的事情，就是送旧迎新，因为人类的最高欲求是在时时创造新的生活。退休是旧的工作和生活的结束，新的工作和生活的开始。我常告诫自己，退休后要做到“五不”：不自我陶醉，不自作多情，不自作自受，不自欺欺人，不自作聪明。要好好地回归自然、本然、泰然与安然，做自己力所能及的事情。生活中最大的享受就是自己为人们做了所需要的，使人们感到亲切的事情。

几十年写了不少，大部分都收在我的文集里了。随着时光的流逝，自己会慢慢老去，所写的东西性质、内容、情调和水平也随时不同了。不管今后作品工或拙，深刻或肤浅，但其主题和基调都不会改变的，那就是必须彰显时代的精神、社会的风貌，传播正能量，给人们一种健康、昂扬向上的力量，为实现美丽的中国梦贡献绵薄之力。

最后，我愿借些机会，对广西师范大学出版社的领导和编辑部的同志再次表示真诚的谢意，他们为我作品的出版花了许多心血，使这本集子能及时与读者见面。至于书中的缺点和错误，读者自勉，这里就不啰嗦了。

是为序。

二〇一五年三月七日于南宁

目　录

自序

第一辑　桑榆未晚

闲庭信步 / 3

梦想并不遥远 / 7

清明记事三则 / 10

故乡流淌这样一条河 / 16

儿女情长 / 20

漓湘文化之旅 / 24

一位伟人牵挂着的桂林山水

——写在邓小平同志关于漓江环保讲话40周年 / 38

第二辑　峥嵘往昔

新春寄语 / 45
大石山中崛起的书法家群 / 47
古骆越稻作(那)文化刍议 / 57
仫佬医药与保健养生初探
——在2013全国首届仫佬医药发展论坛上的发言 / 62
保健养生　健康人生　共圆中国梦
——在广西首届保健养生论坛上的致词 / 69
把握特点　大胆创新　打造机关文化品牌
——在广西区直机关文联工作会议上的讲话 / 73
关于推进桂学研究几个问题的思考
——在广西桂学研究会(2012年)立项研究课题签约仪式上的讲话 / 83
抓住重点　整合力量　深入研究　强化成果
——在西江历史文化与社会发展研讨会上的讲话 / 90
在广西桂学研究会2013年理事会议暨《桂学文库·广西历代文献集成》首发式上的讲话 / 95
重视全州在漓湘文化中的地位和作用
——漓湘文化考察在全州座谈会上的发言 / 100

潇湘文化区及潇湘文化研究
——在永州潇湘文化研究座谈会上的发言 / 104

第三辑　乐做嫁衣

忠元先生画展前言 / 113
百步之内有芳草——江天散文集序 / 115
《西江月韵》序 / 121
《北部湾美术作品展》序 / 124
《岁月留痕　人生如歌》序 / 126
《邓永隆新诗600首》序 / 129
《金盾下的思索》序 / 132
《漫话桂林》序 / 136
《古稀心曲》序 / 140
《呐喊吧，抗战昭平》序 / 143
《公务员礼仪实用手册》序 / 146
《放飞集》序 / 149

第四辑　雅韵辞赋

依饭节赋 / 155

新宅记 / 157

和顺国旅赋 / 158

桂学铭 / 159

龙门水都记 / 160

瓦氏夫人铭 / 161

于成龙赋 / 163

广西社科联赋 / 165

潘氏宗长可权墓志铭 / 167

天一铭 / 169

八桂散曲赋——在广西散曲学会成立大会上的致词 / 170

六十年文艺赋——纪念广西文联成立60周年 / 171

第五辑　八桂飞歌

绿色壮乡 / 175

月亮湾 / 177

我赞美故乡的土地 / 179

南国美 / 181

我们是姐妹弟兄 / 183

京族姐妹 / 185

拥抱大新 / 187
梦想的海岸 / 189
醉美昭平 / 191
南国之丹 / 193
红色河池 / 195
南国之春 / 197
百色梦 / 199
永福啊永福 / 201
瑶山飞歌 / 203
心中的壮锦 / 205
壮都——田阳 / 207
有一条古老美丽的河——贺州市市歌 / 209

第六辑　且听风吟

人生之旅 / 213
快乐乡村行 / 215
胡杨树 / 217
为生命站岗 / 218
山妹子 / 220

你是我的唯一 / 221
盛世中华 / 222
宝石赞 / 225
文艺惠民工作之歌 / 227
把热情洒满人间 / 228
梦里回茶乡 / 230
我心中的天一 / 232
我们的血脉相连 / 233
青春之歌 / 235
锦绣前程充满阳光——邕江大学校歌 / 237
我们为生命站岗——南宁市第四医院院歌 / 239
矿山开拓者——百色矿务局之歌 / 241
壮乡展宏图——东巴凤大会战之歌 / 243
生命之花——电视连续剧《人民利益》主题歌 / 245
我们相会漓江畔——和顺国旅之歌 / 246
为了美好的向往——保健养生学会会歌 / 248
万里坦途壮锦铺——桂林交投之歌 / 250
桔送吉祥——金桔文化艺术节主题歌词 / 252

第一辑　桑榆未晚

闲庭信步

我们的住宅小区，依山而建，尽植四时的竹木花卉，长年绿草如茵，繁花似锦，溢彩流光。退休之后，爱好成了浮生的伴侣，亦像一苇航船，渡我过着憩静的日子。琴棋书画，小语清风，朋友小聚，怡然自得。偶有时间，或傍晚或清晨，我也散散步，悠然地漫步于园中石板路，那淡青色的石板，方方正正像无声的汉字，随着你的脚步去读，双声、叠韵、联绵，特有诗情画意。退休后的生活单纯而踏实，自然而宁静，闲庭信步，是一种境界。

昨夜的星光，今晨的朝露，岁月匆匆地往前赶，让我们难以跟上它的脚步。如今退休了，不必急匆匆去赶时间了，该固守着自己这一片平静的天地，漫步闲庭，听溪水潺潺流淌的声音，听林间的鸟鸣和草丛中小虫的吱吱声，不忍离去。这里没有古迹，没有高楼，没有人流，没有闹市的喧哗，带给你的是宁静与安然，过往日子里那些使你烦恼，悔恨的情绪，早随着抚弄满头银发的那一缕清风飘散而去。时日渐远，当你静静地回望，你会发现过去心里的挣扎、犹豫、无助和患得患失，都随着岁月的流逝烟消云散，若当年有这番觉悟就不会为自己平添那些无谓的烦恼了。

闲庭信步是轻松的，现在许多老年人于散步中得到休息或者锻炼。上了年纪更加重视自己的健康，这在情理之中。老年人能够更加理解和热爱生命之欢乐。你看，每日清晨，我们可以看到不少老人在公园里，在空地上乃至在自己家的门庭式阳台上，打太极拳，练气功，舞剑或跳老年迪斯科、民族的土风舞。我相信这些运动足以促进老人的体力，增强健康。每每见到这番情景，我就对老人们说，身体锻炼固然重要，但也要重视脑力运动啊。老年人要善于用脑，一般作家、艺术家、科学家往往健康长寿。仅仅重视体力运动而荒废脑力运动，对老人来说，恐怕难以延年益寿。

信步中，我感悟到了另一种境界，那就是坦荡、自由自在、超然脱俗、执著的人生追求。要固守着淡泊的信步，在淡泊的信步中品味人生。信步之中不仅需要心灵的极大自由，而且需要有甘于寂寞、甘守孤独的勇气。世人唯恐寂寞会产生失落，其实这是一种错觉。大地寂寞时，太阳何曾离它而去？也许退休了，活动少了，视线范围窄了，但心的力量却可以无所不至，比如读书、写字，撇开种种干扰，薄薄的书轻轻地翻过去、翻过来，淡淡的墨香似有似无地绕在周围，便凭空觉得世俗远了许多，而心胸则开阔了许多。这种境界我至今虽不能所至，而心一直向往着，追求着！

古人十分看重静，因为静是生命力，静是人生之福！没有静，我们就感受不到世界的富有和美丽；没有静，智慧就无法起作用，诗意无法激发；没有静，心神便无法安宁，心神不安宁便会多发灾疾。所以说，静，既是状态，又是能量；既是物质，又是精神。如今我们或静坐，或在幽静之中信步，都能体验到静，享受到静。而现在能体会到的人并不很多，因为我们的环境已经很少有静地了！闲庭信步之中，我享受到了那种浓烈的厚实的寂静，实实在在地体会到来自大自然的无尽滋养。

人到老年，经历过岁月的磨砺，眉宇间添了许多皱纹，白发银须，许多事的得失均成过眼烟云，然而，真性情不会改变。大自然是有情的，只要常流连于山水、花木之间，就觉清新，就觉鲜活，就有一种人生的静力、动力。青山绿水可以涤清风光，可以滋润生命，可以让人远离浮华，回归生命的本色。

当然，“宁静”两字，远不能概括我们住宅小区的面貌。绿色，是小区色彩的基调。这里不管春、夏、秋、冬，到处都是一片翠绿。尤其令我赞叹的是院内那一株株挺拔俊秀的竹子。每每漫步在绿色蜿蜒的院中小道，最吸引我的那一行行、一排排整整齐齐、俊秀挺拔、郁郁葱葱的竹子，长得是那样的笔直，那样的生机勃勃。在早晨的阳光下，秀丽的竹影印在石板路上，晨风过处，它们交头接耳，发出阵阵私语和欢笑。我常常站在竹丛面前，如痴如醉地欣赏它们那蓬蓬勃勃的气度，爱它们那洒脱的风姿、挺拔的气势。它们是那么明净深邃，富有生命力！从古至今，数不清有多少诗人讴歌过竹子，多少画家为其提笔作画。借竹寄情："谁写江南一片云，清风潇洒不随群，少师自得空川趣，独忆虚心抱节君"。竹的无私奉献、甘于清贫、节高骨坚的品质，使我对人生的理解更深入了一层。

闲庭信步，周而复始中，倾注自己的体会，忘却了时间，得到了感悟，乃是难得的享受，难得的人生的体验！

梦想并不遥远

人的一生总会有很多美好的梦想。这些年来，我会经常静静地坐着，回忆自己走过的路程，想想年幼的我、中年的我。于是，一些深藏的记忆深处的片段、那些曾经有过的美好的梦想，便不时浮现在眼前，心底有着一种无可言状的甜美滋味！

我出生在桂西北崇山峻岭中的仫佬山乡，那里没有公路，只有一条小路通向城里，更谈不上有铁路、火车，只是在电影上看见过火车那长长的飞奔的样子，感到很稀奇。村里的同伴们说："这家伙爬着跑那么快，站起来跑不更快？"那时多愚昧无知呀！我对同伴们说，我们总有一天能坐上火车，看看会是什么感觉！父亲对我说，好好读书考上大学，就能坐火车了！如是，从那时起，我就萌生了上大学的梦、坐火车的梦。1963年，我终于如愿考上武汉中南民族学院，第一次坐上火车，实现了自己的梦想。上世纪七十年代，仫佬山乡修了铁路，火车通到家门口，山寨里的乡亲们都坐上了火车。大家编着山歌唱："山乡自从有铁龙，山山水水露笑容，坐上铁龙飞出山，穿山越岭路路通。”

仫佬族是一个能歌善舞的民族，可以说无人不会歌，无事不唱歌，无处没有歌。我母亲是方圆十里八寨小有名气的歌手，小时候她唱歌时常把我带去。她们唱的歌都是随编随唱、随问随答的，很动听、优美，我听得入迷。后来长大了，上了大学，自己也开始编些山歌，写些短文章，渐渐地萌发了当作家的梦。大学毕业后分配回县里搞新闻，工作之余，写些散文、诗歌和小说。1972 年在《广西日报》发表了第一篇散文《铁英》，写一个茶叶场的女拖拉机手的事迹，当时轰动全县。这对我鼓舞很大，自我感觉离作家梦越来越近了。经过几年辛勤笔耕，我出版了第一本散文通讯集《红日高照仫佬山乡》，一举成名，加入了中国作家协会。如今，我先后出版了 65 部著作，当选为中国少数民族作家学会副会长，实现了作家梦。上世纪八十年代初我走上了领导岗位，之后担任自治区党委宣传部部长、区党委副书记，在相当长一段时间里主管全区意识形态工作，由于对文学艺术情有独钟，着力发展广西的文学艺术事业，使很多文学青年同样实现了作家梦，组建了一支浩浩荡荡的文学桂军，被大家称为“作家部长”、“文化书记”，我感到无比亲切与自豪。

我们家所在的村子不大，村后有一座很像凤凰玉立的大山，山上密布的树林，绿茸茸、翠滴滴，像是凤凰的羽毛，因此得名“凤立村”。千百年来，祖辈们都梦想有一天，我们的村子真正像凤凰一样屹立腾飞。2014年金秋时节，我回家乡，乡亲们正准备迎接罗城仫佬族自治县成立30周年。清晨，我漫步田野，看到如火般的颜色染在枫林间，田里则显出深绿微黄的景色，绿色的甘蔗林和一串串晶莹剔透的沉甸甸的山野葡萄。通向山里的路拓宽了，矿藏的开发，林果、药材的种植，使家乡富裕起来，一排排新建的屋宇掩映在绿树丛中，高山峰巅耸立起电视转播塔。村长告诉我："现在村里可不得了啦，每年都有五六个考上大学或中专，现在全村有教授、高级工程师、大学文凭的60多人，在外面当国家干部的就有100多人……"我久久地站在村头的草坪上，仰望着无边的霞光和山头飘动的彩云，禁不住放声歌唱："十月的灿烂阳光，照耀着山乡，层林尽染，稻田金黄，山泉流淌，牛羊肥壮，沉甸甸的丰收，实现乡亲致富的梦想。啊！美丽的家乡，展翅腾飞的金凤凰！"

那天，我和乡亲们聊起中国梦，大家七嘴八舌滔滔不绝，有的说，习总书记提出中国梦，就是我们老百姓的梦！有的说，我们仫佬山乡巨变证明只有在共产党的领导下，我们的梦想才能一个个地实现！有的说，我们要把仫佬人的小梦想，融入祖国的大梦之中，这样，梦想就不会太遥远了！听了这些真诚朴实的话语，我的心情久久不能平静。此刻，习近平总书记的话又在耳边回荡："每个中国人都是梦想的主角，涓流汇海、聚沙成塔。一步一个脚印去丈量梦想，一切美好的东西都能创造出来，中华民族伟大复兴的梦想一定能实现。"

清明记事三则

扫墓新风气

记得小时候，清明扫墓，家里穷，买不起纸钱、香根和祭品，父亲便自己动手做。清明前几天，他从街上买回很粗的草纸，剪成像纸币一样大小的长方纸片，叫我用一根半圆的铁筒，在纸上打成一个个铜钱大小的洞，打多了，我手上都起了泡。那根铁筒不知用了多少代了，一头被打得短了一大截。清明当天，我们家族几十个人，挑着各种祭品，要走十几里的山路去扫墓，大家都累得喘不过气来……

如今清明扫墓，与过去大不相同了，可谓今非昔比。2014年清明我回老家扫墓，仔细观察，有“三多三少”。首先，乘车去扫墓的多，走路去的少了。清明那天出城的车堵了十几公里，寸步难行。我们村子的一处墓地靠近公路，扫墓的私家车停放着有几十辆，那场面十分壮观。

其次，打扮时髦、靓丽帅气的青年男女多，衣着古朴的老人少了。如今的青年人，道德观有很大进步，崇拜先祖、感恩父母的年轻人成了每年清明扫墓的主力军。他们不远千里风尘仆仆回家祭拜祖先，烧香磕头，十分虔诚，这是对中华传统文化的传承，是青年人感恩思想的彰显。我见到此般情景，感到无比宽慰。

最有趣的是，如今扫墓烧现代祭品的多了，烧传统祭品的少了。现在扫墓不仅仅是烧纸钱和香根、蜡烛，还要烧很多纸制的现代祭品，像电视机、电冰箱、洗衣机、空调、小轿车、摩托车、手机、电脑等等。有朋友给我讲了这样一则笑话，说是某人清明回家扫墓，去买祭品，居然看到有纸糊的苹果手机，有些不以为然：啊哈！苹果手机，老祖宗会用吗？店老板白他一眼说：乔布斯都亲自下去教了，你还担什么心？他便买了一个，刚转身要走，老板提醒：买个手机套吧，下面挺潮湿的。他说好，买了个手机套。老板接着说：再买个蓝牙耳机吧！让祖上在下面开车打手机方便。他又买了个耳机。老板继续善意地提醒，最重要的还要买个充电器啊，否则祖上找你借就麻烦了……这虽是个笑话，却说明如今清明扫墓有很多新的风气。

巧遇亲戚

按我们仫佬族的习惯，清明先在自家扫墓，然后才到丈母娘家扫墓。清明第二天早上，我和妻子一同回她娘家扫墓，临走前，我们到街上买祭品和礼物。大街上到处是在售的清明扫墓的祭品，琳琅满目，应有尽有，我们都一一办好了，然后打算买些水果回去。水果摊也很多，不知哪摊好。正当我们犹豫时，有一位中年女摊主热情地打招呼："买水果吗？我这里的水果最新鲜，刚进的货！"我们便走过去，看了看，妻子问："苹果多少钱一箱？""60 块！"妻子打开一看觉得不太好，便随口说了句："这苹果那么小，还要 60 块呀？"女老板傲慢地说："有好的呀，100 块一箱，你买得起吗？"我说："嗨呀！是祭祖用的，再贵也要买啊！"她抬头看了我一眼："你舍得买，就要一箱吧！""那就要一箱吧！"

这时坐在一旁的老太太问道："你们是回哪里上坟呀？""回地久村！"妻子边交钱边回答。老太太笑着说："啊！我有个大嫂是从你们地久嫁过来的！""你是哪个村的？"妻子问道。没等老太太回答女摊主便随口答上，"我妈是地姚村的！"妻子走近老太太，笑着问："你大嫂是地久姓什么的？""姓覃！"她们便一问一答地聊起来。老太太告诉我们，她大嫂在地久有五个姐妹，她是老大，有个妹夫在自治区当领导，经常在电视上看见，就是从来没见过真人。有一年听说他回县里，她们特地赶到县城想看他一眼，可到县城，他已赶回南宁开会了。好可惜！还是没见到真人！听她讲完这些，妻子给我使了个眼色，用仫佬话说："她讲的人九成是你！"便问："老人家，你记得他妹夫叫什么名字吗?""记得,叫潘琦!"妻子笑着说:"是自家人啊!我家老头就是潘琦,你大嫂是我大姐!"老太太惊吓地再看了我一眼:"哎呀!真的!难怪有点面熟!跟电视里一个样!"我笑着说:"老人家,对不起了,真是大水冲了龙王庙,自家人不识自家人啊!"妻子说:"既然认了亲戚,你跟我们一起回地久做清明吧!""不了,我要和女儿看水果摊啊!"

妻子回到地久,和大姐一打听,那老太太果真是大姐夫的堂妹!人生真的有许多无巧不成书的事情啊!

仫佬山乡诗情

听说我回家过清明节,几个朋友决计要和我一块到罗城看看仫佬山乡旖旎的山水风光。遗憾的是回到罗城,阴雨蒙蒙,仫佬山乡一派"清明时节雨纷纷"景象。县长是个很热情的仫佬人,他很真诚地邀请我们去参观新建的成龙湖公园和规划中的凤凰古城,说这是自治县 30 年大庆的重点项目,很值得一看。盛情难却,我们冒着纷飞细雨前往参观。

于成龙,清代在罗城当了 7 年的知县,他清政为民,廉洁一身,做了许多得民心、惠民利的事情,被誉为一代廉吏。为了开发仫佬山乡旅游业,县政府在原城郊的水库基础上修建了一个湖光山色的景区,为纪念这个清官,取名成龙湖公园。公园规模不小,已修了宝塔和一些亭台楼阁,曲桥流水,拓开了一个偌大的广场,供群众活动。县长告诉我们,这里将修建于成龙博物馆和仫佬族博物馆,集中展示廉政文化和仫佬族文化,打好仫佬山乡两张文化品牌。规划中的凤凰古城集中展示仫佬族的建筑风格和独特的民族风情与习俗,是仫佬山乡人文旅游景点。我们一边浏览这湖光山色、精美建筑,一边聆听县长如数家珍般介绍,心情格外高兴,朋友们冒雨拍了很多照片,都赞美仫佬山乡别具特色的山水风光。

我的家乡在县城东面,村子挺大的,有几百户人家,村后有一座很像凤凰玉立的大山,山上密布的树林,绿茸茸、翠滴滴,像是凤凰的羽毛,村子因此而得名"凤立村"。因村里出了几十个大学生和研究生,又被誉为"仫佬族秀才村"。山下有一口清澈的泉水,长年潺潺流淌,水质特好,饿了、渴了,喝上几口泉水,便精神起来。泉水从村前流过,成了一条小溪流,四周山都很秀丽。前几年有人在这里建了一个旅游景点,城里人常来这里游玩、野炊、烧烤。我领着朋友们游了一遍整个村庄和景区,大家兴致很浓,流连忘返。中午家里人为我们准备了丰盛的仫佬族饭菜,亲朋好友围坐一起,在新建的小楼里打火锅,喝土酒……

席间,朋友对我故乡的山水大加赞美,昌文先生诗兴大发,几杯下肚,即席吟了首七律:"凤凰山下草青青,杜宇寻芳田埂鸣。细雨微风飞紫燕,诸卿园梦访华庭。廉官太保初入仕,仫佬秀才远扬名。滴翠簪峰云变幻,山村绿抢卧清宁。"阿波先生平时不大吭气，此时诗情涌动，亦即席赋诗一首："杏雨沾衣杨柳吹，家园梦里今又回，上风立屯堪记忆，温情慈母接儿归。"我很受感动，对朋友的赞许，对故乡如今的沧桑巨变，亦有感触，即步昌文先生诗韵作了首打油诗："清明时节万树青，凤凰展翅对天鸣。昔日山窗飞紫燕，今朝凤立才满庭。自古学而优则仕，祭祖报国不为名。立志实现新梦幻，山乡业兴人安宁。"

诗韵在心中回荡，友情在朋友间骤长。此时我想起一位哲人的话：常怀感恩之心是一种荣耀，常念相助之人是一种幸福，常注激动之情是一种美好，常思友谊之意是一种快乐。人生莫过如此！

故乡流淌这样一条河

当你走进仫佬山乡，在辙印碾出的山路颠簸数十里之后，会看见在山地上流出一条晶莹如带的小河流。这是一条极不起眼的小河，它没有野性的性格，没有壮阔无涯的面容，没有浩气非凡的势头，只是平静地蜿蜒在群山之中。三三两两的村寨沿小河两岸错落排列，四周是瓷盘上破碎图案似水田，水田过去便是山。

站在小河旁，举目四望，远处是碧绿碧绿的山峦，大的、小的，像一条绿色巨蟒绵绵延延地毗连着，山下开放着五颜六色的山花。小河两岸是枝繁叶茂的柳树、翠竹，最茂密的要数相思树，它们的根虽扎在岸上，那枝枝干干却相互依缠着，仿佛在深情地拥抱。平稳得像面镜子似的河水，漂着白色的泡沫从相思树边悠悠流过，年年月月，不懈地尽着自己的使命，灌溉着片片良田，然后轻轻流向远方。河畔不远是山村。时而从那别具风格的新农舍里传出来的欢笑声和绵绵的山歌声，会令你仿佛走进一个世外桃源。

大自然的和谐并不仅仅是指那些原始生态的平衡，而是人类如何平静、平等、平和地融进大自然之中，保护自然。你看，为了方便取水，用竹子做的水车、用石板在河上架起的小栈桥；为了防止河水冲浸岸边导致水土流失，用石头砌起的石堤；还有为了照顾上下游用水而做的水门闸。岸边柳枝依然保持着昔日的婀娜，白的、黄的、黑的卵石，点缀于清澄的河水中，偶尔可见三五条游鱼摇头摆尾，嬉戏追逐……小河的一切都是那么和谐自然，野趣横生。人，能自觉融入这样生态的境地，沐浴清新的山风，自然心旷神怡。一声鸟之低鸣，一泓山河水的轻唱，都会使你感到人生有一种流长厚重的实在，生命有一种崇高明媚的灿烂。

沿河两岸居住着汉、壮、仫佬几个民族。千百年来，各族兄弟相处得很融洽，同饮一河水，同住一座山，同耕一垌田。记得小时候，方圆十里八寨，无论是哪个民族过节，都相邀做客共庆共欢。我们仫佬族每年的依饭节、走坡节，汉族、壮族兄弟都远道赶来参加。各族姑娘和小伙子用汉语、仫佬语一起对歌，这个时候，分不清你是哪个村、哪个民族。每每回忆起那种场景，我思绪里的小河，会淌过岁月的涟漪，有意无意地哼起那首不老的山歌："天上星星跟月亮，地下葵花向太阳，各族人民跟着党，妈家孩子不离娘。"

这条曲曲流过村前的小河，是各族伙伴儿时经常戏水玩耍的地方。河水缓缓地流着，沿河几个村庄的小孩常在河水中唱啊、叫啊，讲壮话、汉话、仫佬话的都有，互相都能听得懂，直到谁发现西下的夕阳，惊呼一声“哎哟”，大家这才光着屁股，慌忙从河里爬出来，带着未尽的余兴，各自回村去了。河水荡漾着孩子们欢乐的笑声。

初春的小河，曾静静地写着这样一个动人的故事。有一年夏天，山乡遇到十年不遇的旱灾，久旱无雨，天气出奇地燥热，小河边的水草早被晒得枯黄了。小河的水量骤然下降，下游壮族村的稻田干裂，成片成片的稻穗苍白无力地举着枯干的头颅。居住上游的仫佬族兄弟看在眼里，急在心上。如果把水放到下游，自己的稻谷就要受损失；如果把河水堵死，下游的稻谷就会旱死颗粒无收。在这个节骨眼上，仫佬族村寨的几个老人蹲在祠堂里一起商量：“不能光顾自己啊，人心都是肉长的，壮人、仫佬人同饮一江水就是一家人，要放水！”最后决定在河中间搞个闸门，按各村田亩面积，分流量，以烧香计时，给稻田供水。这样一来保证了上下游稻田基本用水，终于抗过了旱灾。这年上下游的稻田都有好收成。那年春节，下游的壮族兄弟杀猪宰羊到上游感谢仫佬族兄弟大旱之年送来“及时雨”“团结水”。在联欢会上，两个民族兄弟唱起欢快的山歌：“门口小河水好深，一片田地大伙耕，各族好比亲兄弟，麻绳串连一条心。”小河淌着一串记忆，泛着岁月的流光，也时刻滋润着沿岸各民族兄弟的友善情谊。

啊,这便是幺佬山乡一条很普通的小河,源于万缕清泉,沉静地向东流淌。我觉得这小河之畔的一草一木,都有一个动人的故事!

儿女情长

孩子们都成家了，都各自买了房子搬到外面自己住，开始还常回家看看，后来有了外孙、孙子，他们每天要忙于照顾自己的孩子，便回来少些。我和老伴都很理解，毕竟我们身体还好，都能自理。可儿女们感到总不回来看老爸老妈也不行，于是他们有个约定，每周六雷打不动地回家聚一聚。这个约定一直坚持下来，我和老伴感到很宽慰、很幸福，每周都盼望孩子们回来！

想起三十多年来，我们一家五口，从罗城搬到河池，后来搬到南宁，孩子们一路陪着我们颠簸。那时忙于工作，家境也不很好，对孩子们的照顾太少。记得上世纪八十年代初我调到区政府办公厅覃应机主席身边工作，两个女儿刚上小学，儿子上幼儿园学前班。别人家孩子都有大人送去学校，我们的孩子都是自己走去学校。从我们家到天桃小学要走好长一段路，姐弟三人牵着手，沿着临街的围墙走到学校。每天我们都提心吊胆的，当时对儿女们的关心，除本能之外，似乎尚含一种无名的牵挂。

多少次许诺带孩子们上公园玩，却都没兑现。孩子们很懂事，知道我忙，不再给我提出这种要求。那年秋天，覃应机主席出国，我没去，便有了些自己安排的时间。来南宁两三年，那天下午，我才第一次带孩子们上青秀山公园玩。阳光明媚，夕阳的紫色中，炎阳的红味渐渐消减，秋高的清味渐渐浓起来。孩子们高兴极了，在草地上奔跑，微风吹动着他们细丝般的头发，像几只小鸟在山地上玩耍。我很少看到孩子们这样充溢着欢乐的样子。

为了工作方便，办公厅把我们一家安排到应机主席住的小院里的一间平房住，两室一厅，和警卫班营房连在一起，外人很少进到院子里来。在这里一住就是五年。当时孩子们还小，三姐弟一起挤在一张床铺上，他们没有别的朋友、同学来玩，整天就和警卫班的战士们在一起，看他们列队、操练，看他们开会、学习。那年头没多余的钱为孩子们买玩具，我只好自己动手做，战士们帮着做。儿子最喜欢的地方，是战士练习跳高、跳远的沙坑，见战士们练武，他们看得入迷。部队生活团结紧张、严肃活泼，战士们不怕困难、勤学苦练的精神，在儿女们童年的脑海里留下深深的印象，对他们成长后的性格、品行和思想无疑产生了积极的影响，对孩子们来说，范例与榜样之重要超乎说教。

房子很小,我还是在客厅的临窗处摆了一张小桌子,作为工作室。桌面上按照一定的秩序摆放着稿纸、信笺、笔砚、墨水瓶、浆糊等等。晚上当孩子们入睡之后,我便伏案笔耕,这是我最快乐的时光。有时灵感所至,一动笔便到三更半夜。有一次,我花了一整个晚上写了篇文章,早上赶去开会,忘了把稿子收拾好,摆在桌面上。等下班回来,发现稿子全被墨水染黑了,后来才知道是儿子玩球把墨水瓶打倒了。当时我生气了,不免呵斥儿子。然而立刻感到后悔,他没东西,也没地方去玩啊!孩子们的童年,我欠他们的太多、太多!但儿女们从来不责怪我们。

过滤之后的往事是难忘却的,因为它留下了与儿女们的一片深远之情,永驻的爱。上世纪七十年代,我在地区工作,工资较低,尽管我不抽烟、不喝酒,全家省吃俭用,但每月的钱除了买粮食、买菜票外,就剩下不多了,一家人紧巴巴地过日子。孩子们的衣服、裙子都是我亲手缝做的,孩子们从不嫌弃。那时他们就很懂事,知道爸妈的艰难,从来没有向我们提出要这要那。现在想起来,这些都还像昨天的事一样。我感到宽慰的是,童年的经历对他们是一种磨砺。对孩子的教育应该是爱与严相结合,在生活上既要给予儿女适当的父母之爱,思想上又要严格要求,让他们吃点苦,是他们人生之财富。

如今,儿女们都已长大成人,独立自主地工作和生活。孩子们都很争气,在同龄人之中,干得还算可以吧!朋友们都说我教子有方,我问心有愧。其实我对孩子们并不十分管教,我从没有动过孩子们一根指头。如果有人问我,教育孩子需要哪一种方法,我会告诉他,需要耐心与爱心。现在不少家庭教育孩子的方法,一种是任其跋扈,一点也不管,孩子在家是暴主、是霸主,但到外面,便如丧失了网的蜘蛛一样,毫无能力;另一种则是终日给以冷遇式呵斥,甚至打骂,使孩子畏畏缩缩,仿佛一个奴才,一个傀儡,然而父母美其名曰“听话”“好孩子”。这类父母把自己全部的希望和抱负,自己达到抑或没有达到的都寄以儿女身上,严厉管教有余,启发诱导不足,酿成父母儿女之间缺乏相互理解,以至于失去亲情、爱情。父母与儿女之间的情谊,是世间人与人之间最自然的关系,是一切人情的基础。往事长智,要真正懂得人生这本书,却得让孩子们自己潜心研读。

漓湘文化之旅

桂北、湘南是一片美丽神奇的土地。在人们的印象中，她只是山清水秀，洞悠石奇，其实她也是一片中华文化的沃土，是沉积着千万年人类文明的胜地。

酝酿了很长时间的漓湘文化之旅，在马年春天终于成行。也许是由于太久的企望，漓湘文化果真给我带来极大的震憾。当我踏进这片土地，所见、所闻、所尝、所思，令我应接不暇。我触摸到了远古的沧桑，感受到先祖的伟大，顷刻被脚下这凝固的历史文化激动得热血沸腾，真切地感悟到了文化生长的力量！

桂林是国务院公布的中国首批 24 个历史文化名城之一，有悠久的历史和丰厚的文化资源。秦朝，桂林因为修建灵渠成为秦始皇统一岭南的枢纽，是“楚粤之咽喉”；汉武帝元鼎六年（公元前 111 年），桂林正式建城；唐朝是著名的桂州城；宋朝成为“西南会府”；明朝是靖江王府所在地；清朝临桂词、岭南五家、临桂状元享誉全国；抗日战争期间是世界著名的反法西斯文化城；当代，是举世闻名的国际旅游胜地。

在这里我走进记载，走进展示这座历史文化名城的博物馆，透过琳琅满目的文物和讲解员的精彩述说，了解河洛文化在桂林，三湘文化在桂林。同时发现，桂林还有许多土生土长的文化，如傩舞、彩调、渔鼓、桂剧以及史前文化、洞穴遗址都是桂林绝无仅有的非物质文化、物质文化遗产。

石刻文化是桂林一大特色。那天桂海碑林博物馆馆长亲自为我们导游解说，她对这里的情况了如指掌，对每处、每块碑刻说起来都滔滔不绝如数家珍。

自隋代高僧昙迁于 590 年在七星岩洞口北侧题刻“栖霞洞”三字以来，现存的桂林的摩崖石刻已多达 2000 多件，与西安并列全国第一。西安以碑碣为主，桂林以摩崖为主，各有特色。桂林奇山异洞中琳琅满目的石刻，很早以来就受到人们的重视和称赞，清代金石学家叶昌炽曾高度评价说：“唐宋题名之渊薮，以桂林为甲。”

月牙山瑶光峰南麓，有由龙隐洞、龙隐岩两处石刻组成的石刻群，此处壁无完石，碑刻如林，故称桂海碑林。龙隐岩、龙隐洞是桂林摩崖石刻最丰富的两个洞府。两洞共有石刻 220 多件，其中唐宋石刻就有 130 多件。最引人注目的是《平蛮三将题名》，是研究北宋侬智高起兵的重要文物。《元祐党籍碑》

是一件反映了宋代统治集团内部斗争的珍贵的文物，它有助于人们研究宋代历史，是全国现存唯一完整的元祐党籍碑。

这里还有一些从桂林其它地方重刻、转移、复制过来的石刻珍品，如颜延之的《五君咏》，贯休的《十六尊者像》和鹦鹉山上的《静江府城池图》。1964年，这里建成桂海碑林陈列馆，收藏了桂林许多重要石刻拓本。1994年，这里改名为桂林石刻博物馆，也称桂海碑林博物馆。

历史传承、社会发展、文化创造都离不开人，桂林有历史悠久、影响较大的人才文化，无论是外来的，还是本土的，这些人才成为桂林历史文化重要的传承者、推动者和创造者。

我在文物展品中流连，从这些沉积历史尘埃的文物中感受到桂林文化的丰厚和历史的悠久。桂林博物馆馆藏有3万多件文物。其中，梅瓶是桂林博物馆最具价值的文物，桂林博物馆共有300多件梅瓶，而故宫博物院仅10来件。宋代腰鼓也是桂林特色馆藏，在海外有较大影响。由于桂州窑的存在，桂林博物馆还藏有不少桂林陶瓷。桂林博物馆还收藏许多明清字画，包括董其昌、清代四王的作品，本地画家如周位庚、陈其昌、罗辰、李熙垣的作品，也收藏有现代以来徐悲鸿、刘海粟、关山月、吴冠中、白雪石等的作品。此外，抗战桂林文化史料、外国政要礼品为桂林特色馆藏；广西少数民族文物，桂林博物馆也有高品质的收藏。这说明桂林文化是漓湘文化的重要组成部分，是研究漓湘文化的重要历史参考。

湖湘文化、中原文化与岭南文化的交流与融合关系是有考古依据支持的,桂林摩崖石刻差不多就是桂林古代文化的通史,桂林相关博物馆、纪念馆的馆藏都与中原文化有着密切的关系,桂林博物馆还藏有岭南画派鼻祖的作品,桂林的桂剧与湖南的祁剧、桂林的彩调与湖南的花鼓戏有密切的关系。历史上,桂林长期是广西政治、文化的中心,抗日战争时期,更是形成了桂林历史上一次最大规模的文化交流。

全州在历史上曾经辉煌一时,是整个漓湘文化的中心。这里人才辈出,文化底蕴非常深厚。历史是根,文化是魂,我走访了很多全州人,无论男女老幼,讲起全州文化,都会罗列出很多:全州是中国寿佛文化最早的兴盛之地;全州是桂剧的发源地;全州是中国耕读文化的典范,上马打仗,下马种田;全州也是红色文化的重要基地,是红军长征突破湘江的战略要地……言语中都充满着文化自信。

位于全州县城内西隅湘山之麓的湘山寺,素有"兴唐显宋"之美誉、"楚南第一名刹"之雅称,系公元756年唐代高僧无量寿佛创建。宋朝4位皇帝先后5次加封,安徽宗亲临膜拜;清初著名画家石涛曾住寺为僧21年,留有石刻花图;清朝康熙皇帝御笔亲题崖刻"寿世慈荫"。寺中还有飞来石、洗钵泉、妙明塔、寿佛殿、圆通宝殿、放生池动物石雕群等景观。鼎盛时期寺内建筑面积达18000平方米。湘山寺作为广西最古老的佛教寺院，吸引着众多海内外游客前来膜拜、游览，特别是三大佛教节日，更是人山人海，络绎不绝。

全州，由于诸多的原因，在近现代历史上失掉了昔日的辉煌，然而翻开历史，她在岭南文化发展史上有显赫的地位。全州的人文历史和文物古迹是漓湘文化的支柱。

在座谈会之后，当地领导再三要我为全州题词，我不假思索，欣然写上“桂北名城，漓湘古都”八个大字。

我曾无数次走近灵渠，但对她的了解却是一知半解。多年后我再游灵渠，勾起我新的感悟，深深的遥想。

灵渠，是公元前 214 年秦始皇为统一岭南而开凿的运河，全长 36.4 公里，位于广西北部的兴安县。灵渠是人类历史上第一条山区越岭运河，它设计独特、因地制宜，沟通了长江和珠江水系，见证了中国人在水利工程设计方面独特的文化理解和由此形成的传统，对世界运河水利建设具有重要意义。灵渠在两千多年的使用中不断地被完善改进，营造出与自然环境有机融合的运河景观，彰显出技术、功能与美学的完美结合，成为中国古代水资源综合利用与农耕文明河谷文化景观的佳作。灵渠的开发，不仅促进了中原和岭南的文化交流与民族融合，而且对世界的文化发展和文明交流产生重大影响。

灵渠的修筑通航是广西文化“受精”的时期，是先进的中原文化与落后的岭南文化交配、交融、交流的时期。在过去漫长的历史进程中，由于交通的问题，中国岭南一带较之中原欠开发、欠开化，被称为“南蛮之地”。灵渠通航，连接了长江与珠江两大水系，使中原先进的文化，耕作、纺织、建筑等先进技术，不断开化并繁荣了广西十分落后的经济、社会与文化，使这块多山地、无耕种的不毛之地繁荣起来。灵渠的修建把漓湘连接起来，使湘南、桂北地区成为中原文化向岭南、西南传播文化的集散地。这里吸收了中原文化，然后向南渗透，中原文化与沿边文化、平原文化与山地文化、汉文化与少数民族文化杂交，形成了岭南独特的地域文化。像彩调、桂剧、桂林渔鼓等等，都是吸纳了汉文化而形成的一种漓湘文化符号。一个自信的民族是从来不会拒绝文化交流的。漓湘文化的形成与发展，受益于与中原文化的广泛交流和交融！

文化是人类改造客观世界和主观世界的产物，一方水土养育一方文化，反过来，一种文化使一方水土风光无限。一个民族和国家往往十分关注自身历史的记述。今天，我们研究漓湘文化，就是要研究这种优秀文化传统对人类文明进程中产生的积极作用，把死研究变成活的研究，把灵渠的历史作为史学与社会发展相结合的领域，全方位、立体式地开始深度研究，要用这面旗帜来强化广西文化的自觉与文化自信，增强凝聚力和向心力。文化是我们永久的精神家园，让我们共同为建设这样的精神家园而努力奋斗！

桂柳运河，又称相思埭、陡河、临桂运河、南陡河、南渠、西渠，源于狮子岩，在陡门村附近筑水闸门，通过分水东闸和分水西闸使之分流，东段在桂林雁山区竹园村附近的蒋家坝流入良丰江，通漓江；西段在临桂四塘大湾江岸村附近汇入相思江，至永福流入洛清江，通柳江。全长30余里，是唐代以来广西、云南、贵州之间的重要交通水道，与灵渠并称为广西历史上两大重要水利工程，但桂柳运河却鲜为人知。

那天，我们乘小船实地漫游了桂柳运河，导游是一位对该运河做过十多年研究的学者，对相思埭每条道都了如指掌。渠水清澈且平静，小船犁水而行，沿途两岸绿树成荫，竹林茂盛，风水旖旎。船入会仙河与相思埭汇合口时，有湖泊、鱼塘、水田、沼泽比邻，多条岔河港湾穿插期间，分不清哪是主流，哪是支岔小河，很多游人到这里便迷失了方向，找不到出路。

运河之上修建了很多陡、桥，现在只保留了二十多处。尽管这些陡、桥已面目全非，但从残留至今的架构与规模上，是上千年来劳动人民的智慧结晶，有着丰富的文化内涵，然而其价值却仍藏深闺，亟需保护。

离开桂柳运河，我不忘此旅的目的。联想起这条昔日转漕输饷的水路，如今依旧灌溉、排涝及通航。它与灵渠一北一南，将桂林大地的水域连成一片，其实也是把湘南与桂北联结起来，对湘桂走廊经济开发、文化发展和民族融合起到了重要的作用。

永州市是湘南重镇。今天，它已经由原先的小山城建设成为一座适宜人类居住的现代化城市。

永州与桂林地缘相连，习俗相近，语言相同。南岭亦称五岭，其中越城岭，都庞岭和萌渚岭三岭皆集中于漓湘流域。猫儿山、海洋山、九嶷山、阳明山等名山亦在此区，漓江、寻江、湘江、资江、蒲江都发源这里。

永州，又称零陵，秦时建县，西汉置零陵郡。《史记·五帝本纪》载“(舜)践帝位三十九年，南巡狩，崩于苍梧之野。葬于江南九嶷，是为零陵。”

苍梧，即今天梧州苍梧，但作为古代的苍梧国或苍梧郡，其区域范围大致包括如今的湘南、桂东和粤西的广袤地区，大约即如今的永州、桂林、贺州和梧州几个城市。

如今，永州宁远县九嶷山有舜帝陵，桂林城北有虞山、虞庙。无论是舜帝陵还是虞山、虞庙，都是舜帝南巡漓湘流域的见证，也是中原文化进入漓湘流域的史证。当年，舜帝南巡，将道德文化传播到漓湘流域。舜帝可以说是史书记载的中原文化引进漓湘文化的第一人。湖湘文化、岭南文化中共同的中原文化源头，应该说就是舜文化。

车子停在一个偌大的广场上，我们步行走进陵园，陵道两边立着十多尊石马和将相石雕，走在其间肃然起敬。再往前行，就可以看到一排巨型的浮雕，首篇便是《南风歌》，其余按朝代顺序记载着历代君王朝拜舜帝的情况和诗赋。

按照湖南朋友的安排，我们集体朝拜了先祖舜帝，程序很规范，先奏乐、上礼、敬香、叩头，然后鸣炮，每个人都很认真，鸦雀无声，场面十分庄严。此时我在联想，多少达官贵人，名士墨客曾站在这里朝拜过舜帝，并且对舜帝怀着不同的理解和各自的需求。而今天，我们希望能进入文化层面去思考，舜帝在华夏五千年的历史长河中，是中华民族坚强、勇敢、自强不息的精神象征。潇湘文化要就此去挖掘与探讨，应该说，这是潇湘文化乃至中华文明的重要源流之一。

我没来永州之前，对柳宗元似乎就很熟悉了。因为读过他许多作品，曾无数次在作品中游览过柳州柳侯祠。那天，走进柳子庙，就仿佛是旧地重游。

柳子庙坐落在永州潇水之西的柳子街上，始建于北宋仁宗至和三年，南宋绍兴十四年、清朝光绪三年重建。柳子庙占地面积两千多平方米，砖木结构，面对愚溪，背靠青山。庙门上有柳子庙三字石刻，两边有联。我们迈入大门，庙为三进三开，首先一座双檐八柱戏台。再进到中殿，后是正殿。殿中立有柳宗元塑像供人祭祀。庙中历代碑碣很多，其中《荔子碑》、《捕蛇歌》、《寻愚溪谒柳子庙》等堪称文物珍品。正殿后墙的石碑，亦是三绝碑，碑文为韩愈所撰，由苏轼书写，内容是颂扬柳宗元的事迹。

柳宗元是唐代文学家、哲学家、散文家和思想家，他自“永贞革新”失败后，被贬至湘南和岭南，先是在永州十年，后在柳州四年，47 岁死于柳州。从 33 岁到 47 岁，他在永州和柳州的这 14 年是他人生最成熟的 14 年。作为唐宋古文运动的代表人物、唐宋八大家中唐代的两大家之一，柳宗元的代表作品大都作于永州时期，他的文化思想和执政实践对永州和柳州的文化产生了深远的影响，是漓湘文化的重要标志和重点研究课题。

透过万物之象，必须从中寻觅到他的文化本质。文化，简而言之，即以文化人、以文化物、以文化事。在暮色四合之时，几天来的耳闻目睹、访问座谈，使我的脑子里呈现了漓湘文化的基本轮廓。

以自然地理的视角来看，漓江与湘江都发源于广西桂林。漓江发源于兴安猫儿山，始称大溶江；湘江发源于灵川海阳山，始称海阳河。

桂北与湘南正好处于南岭的南北两侧。俗话说，兴安高万丈，水往两头流。漓江南流在岭南，湘江北去到岭北。漓江和湘江本来是两条互不相干的河流。两千多年前，秦始皇为统一岭南，在兴安修灵渠，在灵渠工程的铧嘴——天平段，海阳河被分成南北两脉，这就是著名的湘漓分派。主流朝北称湘江，分流朝南为灵渠。灵渠南流与兴安其他河流汇合成灵河。灵河与大溶江在灵川汇合成漓江。因此，灵渠成为沟通湘漓的著名水利工程。

漓江从兴安发源，一路南流，至灵川、桂林、阳朔、平乐，覆盖桂林四县一城区。平乐之后称桂江，桂江进入贺州继续南流，至梧州市区称西江，转向东流，至广州汇入珠江。

海阳河在兴安灵渠开始称湘江，湘江从兴安北流进入全州，从全州继续北流进入湖南，流经永州、衡阳、株洲、湘潭、长沙，至岳阳的湘阴县注入长江水系的洞庭湖。

正是因为灵渠的修通，岭南与岭北不再是鸡犬之声相闻，老死不相往来的各自独立的区域，两千多年的经济往来和文化交流，使漓江和湘江两个流域连成了一体，形成了可以称为漓湘文化圈的文化区域。

了解漓湘文化，除了要知道漓江和湘江，还必须知道湘桂走廊。湘桂走廊是位于湖南省与广西壮族自治区之间的狭长平原，被夹在南岭的越城岭与海洋山之间，自古就是中原通向岭南的交通要道。湘桂走廊既有水路，即由灵渠连通的湘江和漓江；也有陆路，即湘桂古道。湘桂走廊是长江水系湘江上游与珠江水系漓江上游最接近的地段，是中原内地通往岭南最便捷的通道。这里很早就有人类劳动，生息。大约距今 9000 年前已开始了原始牲畜饲养和水稻种植；大约距今 3000 年前进入青铜时代；距今 2300 年前，一部分已纳入楚国版图；到公元前 3 世纪晚期，秦始皇统一全国之后，进军岭南，就从这时打开岭南的大门。自此以后，中央王朝在这里设郡立县，直接统治，湘桂走廊的经济、政治、文化纳入全国统一范畴，逐渐与内地一致。中原文化也借助这条通道，走出国门，与东南亚各国交往，既扩大它的影响，又吸纳更广泛的外来优秀文化。

以历史文化的视角，漓江流域所覆盖的桂林与湘江上游所覆盖的永州，曾经有过长期的行政一体化时代。桂林建城于汉元鼎六年(公元前 111 年)，当时汉武帝平定南越，桂林属零陵郡。零陵郡辖域最大时包括今湘中、湘西南、桂东北的永州、桂林、邵阳、衡阳、湘潭、娄底等地区。也就是说，历史上，桂北之桂林、湘南之永州属于一个行政区。历史上的行政一体化，决定了桂林与永州地缘相连、习俗相近、语言相同、性格相似的文化认同关系。

基于上述理由，我给漓湘文化作出了这样的概括：漓湘文化是指以漓江、湘江为主流，以湘桂走廊为大致范围，经过历史长河的交替、交流和交融形成的一种具有中原文化特征，融山地文化和水域文化、汉文化与少数民族文化、自然生态文化与历史人文文化、本土文化与外来文化于一体的文化形态。

经济与文化已成为一个国家、一个地区发展的车之两轮、鸟之两翼。经济一体化会促成文化一体化，需要共享资源。目前，国家层面已经形成了长株潭经济、北部湾经济区，广西方面有西江黄金水道、粤港澳桂粤经济区、中越跨境经济合作区、东兴特别经济实验区。相对而言，桂林处于北部湾经济区、西江经济区的尾部，受到边缘化。漓湘文化区的构建试图通过整合漓湘文化推出湘桂走廊经济区。李克强总理提出西南、中南经济开发战略支点,如此看,湘桂走廊经济带就变得很重要。漓湘文化区的柳州、兴安、全州、永州目前经济上是分离的,是否可以把经济的一体化做起来,统一管理,加快发展?从战略上看文化,是否可以从文化一体化开始,从漓湘文化圈延伸到湘桂经济区?如果漓湘文化区成立,经济通道、文化通道、政治通道、军事通道便可以在湘桂走廊形成,这块几乎被遗忘的边缘土地,就会被唤醒起来!

在费孝通"中华民族多元一体格局"理论体系中,三个民族走廊(西北走廊、藏彝走廊、南岭走廊)具有重要地位。其中,漓湘文化圈的湘桂走廊正是南岭走廊最重要的通道。在这里,生活着壮、侗、苗、瑶多个少数民族。漓湘文化圈中的桂林恭城、灌阳,湖南江永、宁远、道县等地甚至被认为是瑶族的祖居地。如今,桂林和永州分别有恭城瑶族自治县和江华瑶族自治县。从这个角度审视,漓湘文化区的建立无疑对瑶族地区经济、文化的发展具有很大的推动作用。

被誉为"近世以来最伟大的历史学家"的英国历史学家汤因比认为,中国人在漫长的历史中已经证明了依靠文化和文明的力量可以将亿万人民根据文化情感纽带的联系而组织成一个以天下主义和世界主义为文明基准的国家。在汤因比眼里,中国是真正的"文明国家"。这里的文明既含有古代文明帝国的意思,也含有文化情感纽带的深刻联结的意思。"中国"从本质上说是文化的概念,是一个文明的概念,而不是一个民族主义的概念。西方文明在经济和技术上影响和征服了全球,但是却留下了政治上的民族国家林立世界的超级难题,这个政治真空将由中华文明来补足。只有中华文明才能真正给予世界永久的和平。汤因比为未来人类社会开出的药方不是武力和军事,不是民主和选举,不是西方的霸权,而是文化引领世界,这个文化就是博大精深的中华文明。汤因比的结论是,一个历史上一直是以和平主义和世界主义为取向的天下文明也将在21世纪成为全人类的共同精神财富。

21世纪是谋求和平、寻求合作的世纪,合作共赢、和平发展是本世纪的目标。潇湘文化区的提出,意欲用文化共建推动经济共建,通过潇湘文化圈文化一体化的凝聚力,实现经济一体化的驱动力,使潇湘文化区的经济发展走出封闭状态,实现开放,获得活力和生机。

我站立在九嶷山下,环顾着四周屹立的山峦,几天的桂北、湘南之旅,这里的人文景象历历在目,不枉此行啊!想到这些,心潮澎湃,豪情满怀,胸中有一种无比强烈的文化自觉与文化自信!

一位伟人牵挂着的桂林山水

——写在邓小平同志关于漓江环保讲话40周年

桂林独秀峰下的摩崖石刻刻着宋代诗人王正功这样的诗句:“桂林山水甲天下,玉碧罗青意可参。士气未饶军气振,文场端似战场酣。九关虎豹看劲敌,万里鹍鹏伫剧谈。老眼摩挲顿增爽,诸君端是斗之南。”从此桂林得到了“山水甲天下”的桂冠,并誉满全球。这是苍天赐给桂林人的珍宝!千百年来,桂林人无不为之骄傲与自豪。

人生有这样一个定律,轻易得到的东西往往是不太珍惜的。随着历史的演变、时代的推进,在工业化快速发展的背景下,人们忽视了对生态环境的保护。到了上世纪70年代,“桂林山水甲天下”的美誉受到了人们的质疑,这片得天独厚、绚丽多姿的自然风貌,遭到了严重污染以及人为破坏。漓江两岸办起多座化工厂,大量的工业和生活污水直接排入漓江,水质污染十分严重,直接威胁鱼类生存和沿江的草地、树林;一些风景古迹亦遭到损坏,有的已面目全非……当年记者走访了桂林市区及漓江两岸,是这样形容当时的景象的:“江面上漂有五彩斑斓的浮油、泡沫,水质浑浊,有的江段一边青,一边黑,形成了‘鸳鸯江’”,“佛像被砸,树林被毁,西山摩崖石刻、石碑坊成了混乱不堪的采石场……”“昔日的青山绿水变成了白山墨水,在这里已经看不到什么秀丽的风景”。秀丽的漓江发出了痛苦的呻吟,这幅情景,岂能不叫人揪心!

桂林人会永远记住世纪伟人邓小平,是他在桂林青山秀水即将被毁于一旦的关键时刻挽救了桂林,1973 年 10 月 15 日,时任国务院副总理的邓小平陪同加拿大总理特鲁多游览漓江时,看到江水被煤灰和造纸废水严重污染,回到桂林后,他专门驱车到解放桥附近,观察漓江受污染的情况,当即语重心长地对地方领导同志说:“桂林是世界著名风景文化名城,桂林山水不受污染是桂林的一项重要工作,不论是发展工业也好,搞城市建设也好,都不要忘了这一点。如果你们为了发展生产,把漓江污染了,把环境破坏了,是功不抵过!”小平同志这简短、鲜明、严肃的话语,震惊了在场的所有官员,他铿锵有力的声音在漓江两岸回荡!当时小平同志日理万机,但依然十分牵挂漓江的治理问题,他亲自召开专题会议讨论漓江的治理。1978 年 10 月 9 日,小平同志针对治理漓江污染情况又作了重要批示:“桂林漓江的水污染得很厉害,要下决心把它治理好,造成水污染的工厂要关掉,‘桂林山水甲天下’,水不干净怎么行。”伟人的呼吁顷刻化为人们保护漓江，爱护桂林山水，建设美丽家园的实际行动。

在国务院关于《尽快恢复并很好保持桂林山水甲天下的风貌》决定的指引下，自治区党委、政府把治理漓江提到了重要的议事日程。桂林开展了壮士断腕般“切断污染源、根治环境问题，还桂林青山绿水”的举措，投入了大量的人力、物力、财力。经过十年的治理，漓江恢复了碧波荡漾、鱼蟹悠游的景色，桂林山水恢复了美丽多彩的容貌，焕发出更加楚楚动人的身姿。1986 年 1 月 27 日，邓小平再次游览漓江时，看到江面宽阔，两岸风景秀美，欣慰地说：“漓江水变清了！桂林山水，就要讲这个‘水’字，有水才能看到倒影嘛！”话语依然简洁朴实，但其分量重千斤！这是小平同志对桂林山水的牵挂之心，是他对桂林生态文明建设成果的肯定。

环境问题是社会、经济发展过程中必须高度重视的问题。传统发展经济模式忽视了环境的重要作用，吃尽了苦头。漓江水的污染、桂林山水被破坏，便是沉痛的教训。人们记得 2010 年 3 月 10 日，时任中央政治局常委、书记处书记、国家副主席的习近平在参加广西人大代表团审议政府工作报告时，曾深情地对广西代表们说：“漓江不仅是广西人民的漓江，也是全国人民、全世界人民的漓江，是全人类共同拥有的自然遗产，我们一定要很好地呵护漓江，科学保护好漓江。”习近平同志反复叮嘱：“漓江的生态建设与科学保护，兹事体大！”党的十八大作出了“五位一体”建设的英明决策，第一次提出建设“美丽中国”的蓝图，这标志着中华文明格局开放了，走向更高层次文明全面发展的新的里程。十八大报告指出：“面对资源约束趋紧、环境污染严重、生态系统退化的严峻形势，必须树立尊重自然、顺应自然、保护自然的生态文明理念，把生态文明建设放在突出地位。”这和40年前邓小平同志提出保护桂林自然环境，在思想理念、目标要求方面都是天然的一致。我们党的执政理念，发展战略决策，治国方略上更加成熟、更加理智、更加科学了！

在建设“美丽中国”鼓舞下，桂林人民立志坚守梦想，用自己的双手和智慧呵护好甲天下的山水，把“无山不绿、有水皆清、四季花香、万壑鸟鸣”作为不懈追求的佳境，让桂林的山水在“美丽中国”的建设中，放射出更加艳丽的光彩。如今，当你漫步漓江两岸，会看到绿树成荫，花草辉映，清碧的悠悠江水，带着青山的秀色和灵气，就像多情和怀春的妙龄少女，婀娜动人……我曾触景生情地写下这样的诗句：“漓江，你纯洁，你动人，千山中万水间，处处繁花似锦，漓江啊！你美丽，你迷人，你荡漾着微波粼粼，古老中洋溢着妩媚青春，碧波在阳光下泛起温柔与深情，山有情水有情，桂林山水依然倾倒天下人！”

今天，我们在尽情享受着这大自然赐给的明净的水、绿色的山、湛蓝的天、清爽的空气，尽情地观赏漓江一幅幅绚丽多彩的画卷时，都会情不自禁地缅怀起邓小平这位世纪伟人！

第二辑　峥嵘往昔

新春寄语

日出东方,叩启天穹。在漫天的朝霞中,我们迎来了万马奔腾的2014年！“中国号”巨轮直挂云帆,劈波斩浪,勇往直前!

广西保健养生学会伴随着伟大时代的步伐,跟随着浩浩荡荡华夏儿女追梦的大军,走过了自己一岁的生日。这一年里,我们这只初生“牛犊”,坚持学会信念与宗旨,践行科学养生理论,探索保健养生奥秘,建设保健养生基地,构建社会保健养生体系,真正做到“高端、大气、有内涵,低调、务实、接地气”。做出了成绩,实现了诺言,产生了效应,得到了各级领导的支持,得到了广大人民群众的赞许!

梦在前方,路在脚下。在新的一年里,我们敢于有梦,勇于追梦,勤于圆梦,将以真心、热心、诚心、忠心、全身心地投入到保健养生事业中去,探索保健养生新奥秘,开拓保健养生新领域,建设保健养生新基地,让健康长寿梦想的阳光,照进更多人们的现实生活！为构建和谐社会健康人生作出新的贡献!

新年到，祝朋友们身体好！借《养生参考》赠上几句养生箴言——

工作要忙碌，身体也得顾；

竞争压力大，保健别落下；

人生最大的错误是，用健康换取身外之物；

忽视健康的人，就是等于在和自己生命开玩笑；

健康不是一切，但没有健康就没有一切；

以德修身，以静养身；

不要用珍宝装饰自己，要用健康武装自己；

健康是人生第一财富；

唯有健康才是真实的人生！

天时地利，人力物宜，扶起春风妙天下；

山清水秀，养生伟业，催开美梦耀中华！

大石山中崛起的书法家群

广西打造“八桂书风”的战略决策的实施,激活了八桂书坛,从而有力地促进广西书法家的崛起。近几年,广西区内各种书法展览、学术讨论、书法培训活动与中国书协全面对接,尤其是成功承办了第十届全国书法篆刻作品展、第六届中国书坛新人展等重大展览,极大提升了广西书法在全国的地位,书法创作空前繁荣。在全国各类大展中,广西作者入选数量上升到每次 8—15 件之间,有时甚至达 20 件以上,综合排名上升到全国 10—12 名的位置。全国第四届书法“兰亭奖”只选拔 200 件作品,广西 7 人入展,1 人获二等奖,综合排名跻身全国前 8 名。可喜的是,在广西书法的崛起中,地处大石山区的河池市涌现出一个十分活跃的书法家群体。在每次国家级大展中,都有多名作者入选,总体上看,大致占广西总数的五分之一,其中石锋、冯文东、刘德宏、韦渊、杨耀春等书家都在全国大展中获过奖,获奖的次数及档次均列各市之首。河池这个最年轻的山区城市,却在书法上成为无可争议的书法大市、强市。

河池的名字,和广西书法崛起紧紧地联系在一起。30 多年来,河池书法一直受到区内外书坛关注。从上个世纪 80 年代中期河池书家任杏生在全国大展中率先崭露头角,到王精、刘德宏先后出任广西书协常务副主席、秘书长,再到韦克义当选广西书协主席,石锋在国展中获奖,河池每一个时期都有代表书家涌现,而且群体逐步壮大,成为广西书法崛起的中坚力量。

河池书家群的崛起,首先得益于河池这座历史名城深厚的文化底蕴。河池是出文人的地方,河池作家早已蜚声当代中国文坛。历史上,河池出现过冯京、于成龙这样的文化名人,书法大家黄庭坚也在河池生活过,并在宜州留下了《草书古乐府后》《草书赠曾公卷》《题东坡小字两轴郑卷尾》《游龙水城南帖》《范滂传》《为李华重试南丰郑熙枣核笔》等书法名作,其中《范滂传》是其绝笔之作,堪称帖学经典。抗日战争时期,竺可桢、巴金、马一浮、丰子恺等诸多文化艺术家也在河池、宜州留下足迹……这说明河池书法事业的发展在历史上是有传承、有基础的。淳朴的民风、人文悠久的历史,自然深深影响了当代河池书法家,加上当前河池市四家班子领导重视文化建设,尤其是对书法事业发展寄予厚望,这对激励和稳定河池书家队伍,促进书法创作和研究具有重大影响。

河池书家群形成过程中,不断推出新秀,逐渐形成了繁盛的具梯次特点的书法创作队伍。全市现在有中国书法家协会会员16人,广西书法家协会会员140多人。在中国书协举办的各类书法展览中,获奖8人次,入展140多人次。河池书家群发展壮大,与老一辈书法家的影响和示范带动作用密切相关。第五届广西书协主席韦克义和河池市政协主席、广西书协理事刘先明先生都是“德艺双馨”的河池籍书法家,他们对书法的热爱与执著,为河池乃至广西书法事业的发展殚精竭虑,谋划、制订书法发展战略,主持书法事业发展大局,积极开展各种书法活动,协调各方,引领新风,为河池的中青年书法家树立了典范。广西书协副主席刘德宏、石锋无论书法创作还是理论研究,无论书法培训还是活动组织,都在全区深具影响。石锋在第三届“兰亭奖”获得提名,证明了他在第九届全国展获得三等奖不是凭运气而是凭实力。石锋从1991年首届中国书坛新人展崭露头角开始,至今仍活跃书坛一线,称其为广西书坛的常青树名副其实;刘德宏是中国书协刻字委员会秘书长,多次担任全国大展评委,在全国首届篆书展中获三等奖。他们两人还分别发表了《“八桂书风”创作观念与技术取向》《关于“八桂书风”的思考》等专论,眼光独到,见解深刻,对打造“八桂书风”具有重要指导意义。冯文东是广西书协资深理事,能诗善文的书外修养,不仅使他登上了第六届中国书坛新人展的最高领奖台,也为广西书坛新人树立了良好的榜样。像韦渊这样跟随大家修学的书法博士,不仅在全国的书论界形成一定的知名度,而且,他的才艺也渐入佳境,多次入选全国性大展,并于2012年荣获首届“黄庭坚奖”全国书法大展一等奖。此外，像巴马、环江、宜州、都安、金城江都也或多或少地形成了各自的中青年书家力量。值得一提的是“双蒙”——蒙麓舟和蒙壮科，他们不仅个人书法创作、书论研究成绩斐然，而且组织能力、社会活动能力非凡。作为河池中青年书家群的代表，他们长期主持书协和广西书法网工作，熟悉中青年同道的书法创作现状，能忘我热心为大家服务，可以说，河池书家群在近几年的崛起是与“双蒙”突出的组织才能和忘我的工作热忱分不开的。

诚然，河池书家群的崛起除了得天时、地利、人和的整体环境之外，也离不开个人在书法艺术上的倾心追求。这次入选“山谷来风——河池书法作品晋邕展”的 18 位核心作者，多数是中国书协会员，另有一部分是再次以上入选全国大展，已具备国协会员资格的作者。以他们为代表的一大批优秀中青年书家都对书法研究倾注了生活中大部分心血。他们学有素养，基本功扎实，追求方向明确，书法创作讲究“功、性”的结合，基本上代表了河池书法的最高水平。

河池书家群以“二王”一脉的正统主流书法为范本，同时吸纳、熔铸了民间书法以及明清革新派书法，既有帖学的温婉雅致、繁复精巧，又有碑学的质朴雅拙、雄强厚重的审美追求，体现出既重技巧，又重意蕴的地方特色。创作上既能运用大幅式、大制作，又擅长精致小构，“打组合拳”，充分调动用纸、用墨、章法、装潢等各种艺术手段，力求突出展厅的视觉冲击力。

这种整体化的包装意识所带来的展厅效应，对广西书法的社会交流与对接国展，无疑有着重要的现实意义，也是河池书家群对广西书法艺术的重要贡献之一。

当今书坛，曾经兴起一阵阵各色各样的流行风，如所谓小楷风、手札风、染色风等等，各种流行风在时髦了一段时间之后，就会归于沉寂，各地书家各领风骚三五年，多是昙花一现的匆匆过客。而河池书家群则不然。河池书家群以其精深的内涵和开放式的流派格局，不断吸取新的养分，吐故纳新，与时俱进，从而不断实现新的跨越和升华。正因如此，以扎实的文化底蕴为根基、以传统正脉为路径的河池书法，才能 30 年来始终卓立潮头，引领风骚，始终是广西乃至全国书坛关注的对象。

这次“山谷来风——河池书法作品晋邕展”展出了河池书家群 18 位核心作者及 30 多位中青年书家的 130 多件近期力作。这些作者虽然还不是当今有成就的河池书家的全部，但可以说从一个侧面反映了河池当今书法的面貌。

此次展出的众多作品都堪称精品佳作，从中我们可以清楚看到河池书家群的书法功力和创作水平，归纳起来有如下几个突出的特点：

其一，坚持以行草为主，在力追“二王”正脉的前提下，书体风格力求丰富多样。河池书家以重技术而著称，主要以“二王”正脉的帖学主流书风为范本，这样自然就形成河池书法以行草为主的特色。

河池书家钟情行草书，源于氛围和机制效应。河池多年来在刘先明、韦克义主席等老一辈书家的带领下，形成了一支数量可观、水平较高的书家队伍，其中写行草的人占有相当的比例，成功者不乏其人，自然会形成一种示范效应。“一个成功者带出来一批书家”的现象在河池比比皆是，比如以“二王”正脉驰誉区内外的蒙麓舟先生，不仅在河池有着巨大的示范效应，而且学生遍及广西各地。有人感慨地说：“河池书家后浪不断推前浪，而且不是一般的小浪，而是排浪！”

然而河池书家并没有把自己限定在行草上，这些年来，他们走的始终是“二王”书风为主、力求多样的路线。从这次河池书法作品晋邕展的作品来看，行草之外，篆隶、北碑、唐楷应有尽有。河池的楷书也非常独具特色：既有唐碑的技法完备、意蕴深远，又有北碑的雄伟大气、磅礴恣肆；既有造型变化多姿，用笔精巧繁复，气息隽永的帖学韵味，又有书写方正，用笔稚拙沉稳，气息朴厚古雅的碑派气象，和市外作者拉开距离，情调迥异其趣。河池书法表现出来的这些特色，既是“八桂书风”的主调，又是“八桂书风”的跨越和深化。

其二，不断回归传统，努力表现自我，用传统的精神张扬个性，用时代的风格演绎传统。这是“八桂书风”之有别于形形色色的书坛流行风的本质所在，也是它近年来迅速崛起的根本原因。

虽然河池书法很早就以卓越的成就誉满书坛，然而河池人始终是清醒的。当代的书坛存在着一种不好的现象,就是模仿跟风。很多作者不是把心思用在学习传统、提高技能上,而是用在揣摩评委喜好、模仿各种大展入选或获奖作品上,以达到迅速获奖的目的。这无疑是沙滩建楼,不可能扎稳基础。这种浮躁心态带来的结果是,各领风骚三五年,很快会被时代淘汰。河池书家不盲目跟风,多年来一直沉心临帖,秉承传统,增强精品意识,不断实现超越。

拿这次晋邕展作品和10年前、20年前的河池作品相比,我们可以看出更多的传统精神和传统的技法元素。有两个细节是耐人寻味的:一个是关于师承的方式。书法是讲究师承而发,至于壁垒森严,泾渭分明,在某些地方尤为明显。河池书界当然也有师承,然而老师带弟子,并不主张弟子学老师的字,而是不约而同地指导弟子临习古代法帖。石锋多年来走的一直是帖学之路,书风妍美、流畅、萧散。而他的弟子蒙壮科却以碑学为基,其北碑和篆隶创作,纯朴厚重,稚拙雄强。所以在河池,弟子和老师书风迥异的现象比比皆是。老师们不以此为"忤师"。关于授徒方式,也许各人见解不同,然而笔者认为,至少在不断回归传统这一点上,河池的做法是很值得效法的。

其三,有难得的"崇尚经典、继承经典"的书法学习精神。临帖取法,上自殷商甲骨,下至近代名家,有"下真迹一等"的实临,也有以法帖为依托的意临,态度严谨,理解准确,下笔生动,入古出新,为求展现书家对传统法帖的继承和理解。从杨耀春在全国首届书法临帖展上获奖就可以看出河池书家的临帖基础。可以说,临帖已成为河池优秀书家的艺术生活的常态,平时除了有创作任务,一般拿起笔来就是临帖,甚至像已经誉满国内的书家,如石锋、刘德宏等,每日也在读帖临帖。这种"从业状态",可以从细节上看出河池书家对于书法艺术的价值取向。

河池的书家崇尚经典但却并不保守,他们的作品中丝毫看不出与时代脱节的那种沉沉的暮气和陈旧感,他们的作品充满了活力和个性,然而这一切都是在传统的继承和演绎中实现的。通过对传统的深入开掘,河池书家不断激活传统的书法审美元素,从而使传统与现代成了一种和谐的统一体,比如他们对金文书法、楚篆书法、碑志书法、"二王"帖学书法的开掘和深化都大大丰富了广西书法艺术的审美和技法语言。

其四,由以技胜为主发展为技韵兼胜。以技胜,是人们早年对河池书法留下的印象。虽说这种印象并不十分准确,因为河池书家一开始就不是单纯追求技术,然而,客观地讲,多年来河池书法受学院书法影响较多,也是不争的事实。上世纪 80 年代后期,以"细柳营"为典型代表的学院派,借鉴西方平面构成艺术的理念,对中国书法进行理性解构,通过量化分析,看清了传统经典的技术秘密,为当代书法发展打开了一条宽敞的道路。在全国第五届中青年书法作品展形成广西现象以后,河池书法迅速与"细柳营"接轨,从此走上专业化途径,由沉迷"二王"经典，进而崇尚传统技法，这是不须回避的事实，也是河池书法跟上时代步伐不可回避的发展阶段。

其五，绝不保守。他们继承书法遗产从帖学入手，但绝不排斥碑派风的风格；他们具有精致细腻、意味悠长的天性，但对雄强朴厚的艺术风格也心向往之。年轻一代书家不但没有老一代书家的深重积习和根深蒂固的门派之见，还以一种开放式的心态，广收博采，兼容并包。这就是河池书法由以技胜为主发展为技韵兼胜的时代、环境与思想背景。对韵的追求，即意味着对技法的精研进入"道"的层面，用笔使转提按顿挫的考究，以及审美趣味更加趋于精致化、思想化、个性化。此次一些行草作品尤其体现这方面的特色。然而河池书法表现出来的这种韵和江南水乡的"小桥流水人家"又不同，它是对传统经典的理性分析以及民间已见的兼收并蓄，是碑帖事例的产物。它有如堂殿镂的精细图纹，于大气恢宏中透出精致细腻，以精雕细刻，演绎着伟岸壮阔的豪门气象。

河池地处偏僻，经济欠发达。正因为如此，河池书家群的崛起，更显意义的非同寻常。如果是南宁、柳州、桂林这样经济发达、各种文化资源丰富的大市取得这样的成就，人们也许会说，南宁、柳州、桂林条件好，我们比不了。但河池书法事业能有这样良好的发展，能取得这样突出的成就，能形成这样有影响的书家群，不让人惊叹吗？由河池到广西，我们看到了全区书法发展的巨大潜力。我们有理由相信，"八桂书风"必定能够以更多更优秀的书家，更多更好的作品，更具感染力的风貌，在全国产生更大的影响，形成广西的文化品牌。期待河池书家群能为广西书法的发展作出更加突出的贡献。

古骆越稻作(那)文化刍议

当今,"那"文化已经引起理论、学术、科技界的广泛关注。"那"文化是壮族先民遗留下来的丰富多彩的文化遗产,是广西文化一个重要的珍贵的文化符号,属于广西桂学研究的范畴。每个民族和国家都十分关注自身的历史记述与研究,将其视为进行爱国主义、乡情教育的基础,用其旗帜性的作用来强化民族的凝聚力和向心力。从这个角度来审视,对"那"文化的研究有着十分重要的意义。

一、关于"那"文化的内涵与实质

"那文化"的概念首先由壮族著名学者王明富提出,后得到中国稻作文化专业委员会主任、壮学家梁庭望教授论证肯定。笔者在这里建议,关于"那文化"的表述,是否可以统一称"稻作(那)文化"。因为"那"是壮侗语,各民族叫法不一,其他民族听不懂,很难翻译;"那文化"属稻作文化范畴,表述应与国际接轨及与各种文件的相统一,中间注以"那"可保持壮侗语特点。

关于稻作(那)文化的定义,作这样概括:古骆越族群在中国农耕文明时代,经过漫长的人工选择,把野生稻驯化为水田(那)栽培稻,经过历史的繁衍,在壮侗语民族地区形成了一种据稻田(那)而作,依稻田(那)而居,靠稻米而活,为稻收而乐的,具有共同生活习俗,共同语言特征,共同崇仰观念的原始地域的农耕文化现象,称之稻作(那)文化。稻作(那)文化的实质是:农耕文化是稻作(那)文化的根,民族文化是稻作(那)文化的本,自然生态是稻作(那)文化之魂。

二、关于稻作(那)文化的特征

每个伟大的民族要屹立于世界民族之林,必定要有区别于其他文化的独特性,同时又有与其他文化相通的地方。稻作(那)文化能延续到今天,必定有自身鲜明的特征。这种特征是自然的、明显的、独特的。那么稻作(那)文化的基本特征是什么呢?

其一,具有多民族共有文化基因的"民族特征"。创造稻作(那)文化的是最早居住在珠江水系流域的壮侗语族群,包括壮族、傣族、侗族、水族、仫佬族、毛南族、黎族和仡佬族等。这些族群具有语言同源,以"那"稻作为本的传统生活方式。因此稻作(那)文化,是一种多民族文化,是以壮族为主体,涵盖了古骆越族群中壮侗语系多民族的文化。

其二,以岭南为主产地,辐射西南的"地域特征"。打开中国地图,岭南珠江水系流域统属稻作(那)文化板块。从远古至今,我们的祖先用勤劳的双手和聪明才智,耕耘稻作,缔造了悠久的稻作(那)文化。这种文化逐步向西南方向推进,辐射到西南一些区域,其中以左右江、红水河、邕江流域较为密集。所以说,稻作(那)文化有明显的区域性。

其三,有多元素综合结构的"多元特征"。作为农耕文明的稻作(那)文化,不是单一元素的文化形态,而是一种包含着多种文化元素的综合构成体系。如稻种起源说、人工栽培说,稻耕风俗衣、食、住、行,稻耕环保说,稻耕宗教信仰,稻耕民间文学艺术等等。今天,我们对稻作(那)文化的保护、研究是要进行整体的研究和多元素的保护。

其四,有涉及东南亚诸多国家的"国际特征"。由于特定的地理位置和历史条件的因素,壮族与东南亚各民族有着很深的渊源。壮族与东南亚各族是习俗相近,语言相通,生活方式相似,地理相连的紧密关系,同属稻作(那)文化圈。具体分布到东南亚很多国家,其中包括缅甸、印度中部、泰国南部、越南中北部等等,因此有明显的国际特征。

其五,具有影响人类饮食文化发展的"时代特征"。随着稻谷稻作的出现,改变了人类的饮食结构、饮食习惯、饮食观念,而这种结构、习惯、观念还随着社会的进步不断改变、进化。稻作(那)文化记载着人类饮食的演进过程,记载着人类文明的演进历程。

三、关于开展稻作(那)文化研究的重要性

一是开展稻作(那)文化研究是实施国家文化战略的迫切需要。

当今世界各种文化交流、文化交融、文化交锋在广泛进行,这三"交"注定我们国家在文化战略上必须占领制高点,才能立于世界民族之林。广西壮族自治区与东南亚地理相连、文化同源、习俗相近、语言相通,同属稻作(那)文化圈。这种因缘关系在全球化的今天,有利于各国民族、各个国家之间的相互了解与认同。今天,加强稻作(那)文化研究,对于开展与东南亚各国文化交流、文化发展有积极的作用。广西应当成为东南亚文化交流的桥梁、重要通道。

二是加强稻作(那)文化研究是增强文化自觉和文化自信的迫切需要。

"文化自觉"就是对自己的文化有自知之明,知道我们的文化家底,知道今天的发展前景。我们过去对广西文化没有一个系统、完整的研究,对八桂大地上产生的一些文化现象,没有进行科学的探究,而是习惯于简单地以进步与落后、有益和有害、好的和坏的等政治概念和二元对立的方法论给予判决。因此,文化自觉不足,文化自信不够,我们具有的丰富的文化资源、文化遗产,知之不多,有的根本不知。

而另一个极端就是什么都冠以"文化",都打着"文化"的牌子,把文化浅化、俗化、简化,甚至丑化,出现了"泛文化现象"。

通过稻作(那)文化的研究,我们进一步了解了广西有着丰富的文化底蕴,广西各族人民曾经对人类文明进步作出重大的贡献,树立起广西,尤其是壮族的文化自觉、自信。

三是加强稻作(那)文化研究,可以发展生态文化旅游,推动经济发展。当今旅游业发展迅猛,但由于没有文化的包装,很多都形不成气候,没有文化的旅游兴旺不起来。稻作(那)文化作为一种少数民族文化,有丰富的内涵,有多彩的表现形式和别具特色的风情民俗,我们很好地开发,旅游联姻,会有很好视觉、行为、参与的效果。

四是加强稻作(那)文化研究,可以丰富骆越文化研究成果,填补骆越文化研究的空白。骆越文化研究不是简单的广西文化研究,而是涵盖了东南亚多个国家的民族文化研究。研究稻作(那)文化,提升稻作(那)文化的国际影响,使骆越文化更有成果,更有价值。稻作(那)文化研究也是壮文化研究的重要内容,壮族是稻作(那)文化原创主体民族,有丰富的壮文化基因和多彩的元素,加强稻作(那)文化研究不仅可以丰富壮学内容,同时可以开发出壮族文化资源,有一举多得的效益!

仫佬医药与保健养生初探

——在2013全国首届仫佬医药发展论坛上的发言

各位专家学者、各位民族同胞：

在仫佬族欢度自己的传统节日——依饭节的大喜日子里，罗城仫佬族自治县政府等单位同时举办全国首届仫佬医药发展论坛，这不仅为节日增添了浓烈的文化氛围，更重要的是开创了仫佬族医药发展史上的先河。仫佬医药理论研究是广西民族医药发展史上一项新的课题。从这个层面看，论坛的举办有着重要的意义！我作为一个仫佬人，由衷地感谢主办、承办、协办这次论坛的各有关单位，感谢远道而来的各位专家学者、亲朋好友。这次论坛只有在你们的大力支持及关心、关照和积极倡导下，才得以顺利举办。在这里还要特别感谢罗城仫佬族自治县县委、政府、人大、政协四大班子为这次论坛提供良好的环境和条件！

会前，论坛组织的同志要我一定在会上作个发言，说句实在话，对民族医药，尤其对仫佬族医药，我知之不多，有的根本不知。最近，经过仫佬族众多医务工作者和医药专家的共同努力，编撰出版了《仫佬族医药》。这本书的出版填补了中华民族医学上的空白，是仫佬族一份珍贵的精神财富、文化遗产。我翻开看了一遍。我过去知道仫佬医药有点名堂，但不知道大有名堂。因此，今天想占用点时间，讲讲仫佬医药与保健养生。这个话题很大、很深、很广，我只是作些简要的表述。

讲仫佬医药与保健养生之前，我简略讲讲目前国民的健康状况。

随着社会的发展，人们生活节奏的加快，人民生活水平的提高，大家越来越重视保健养生。特别是目前全民的健康状况，迫切需要我们加速构建起全民保健养生的体系，创造"保养身心，健康人生"的良好氛围。

2008 年的资料显示，全球 5700 万例死亡案例中估计有 3600 万例系非传染性疾病致死，包括约 900 万未满 60 岁死亡者，其中癌病死亡人数 790 万，预计 2030 年全球疾病死亡将有 1.2 亿人。中国现在每 6 秒钟就发现一个癌病人。

健康危机，十大死因排行：恶性肿瘤、脑血管病、心脏病、呼吸系统、损害和中毒、内分泌代谢疾病、消化系统、泌尿系统、神经系统、精神性疾病。

当前亚健康状况严重，我国亚健康人群发生率在45%—70%之间，发生年龄主要在35－60岁之间，人群分布特点为，中年知识分子和从事脑力劳动为主的白领人士、领导干部、企业人员、影视明星等。

影响人们身心健康的主要因素：一是过度紧张和压力大；二是不良的生活方式和习惯；三是环境污染的不良影响；四是不良的精神、心理因素刺激；五是用药不当或药物依赖、毒品依赖；六是遗传基因影响。其中几个因素的比例为：基因30%，环境15%，心理状态40%。

健康包括生理健康和心理健康。生理健康包含：体力充沛，处事乐观，善于休息，应变力强，抗病力强，体重适当，眼睛明亮，牙齿清洁，头发光泽，肌肉丰满；心理健康包含：良好个性，良好心态，良好人际，良好德行，良好家族。

当前，保健养生有三个误区：一是保健养生不关年轻人的事。养生在于调和阴阳，流通气血，提高心理的调适功能，对任何年龄的人来说都是非常重要、必要的。二是保健养生就要大量吃补品、补药。保健养生关键在于以默养气，心瞑养血，以睡养精，以静养神，不是盲目地吃补品、补药就能达到保健养生的效果，有可能适得其反。三是保健养生就是节食少吃东西，不吃脂肪多的食物。营养家认为，完全不吃脂肪既不可能，又损害健康，关键是巧妙组合，蛋白质、碳水化合物和脂肪缺一不可。

下面讲讲仫佬医药与保健养生。

仫佬医药是千百年来仫佬人同疾病作斗争的精神与物质的经验总结，是仫佬族独特的文化形态，是仫佬人聪明才智的重要体现。经过专家学者的理论提炼、理论总结、理论升华，目前已经形成了别具特色的仫佬医药体系，融进中华民族医药的宝库之中，填补了民族医药的空白。

仫佬医药和其他民族医药一样都是以“治未病”为核心的保健养生理念，坚持以预防为主的保健养生思想。仫佬医药保健养生的技法和方式对人的身心健康有独特的作用。

第一，仫佬医药关于人与自然的认识，有利于对人进行生活调整，增进身心的健康。

仫佬医药重视协调自然与人体的关系，提出的“神灵”“灵气”“调和”“四门七窗”“风、寒、湿、热、毒”等都与自然界有密切的关系。仫佬医药认为人的灵气与水土之灵气不和，就会生病，人与暑热之灵气不和，会出现头痛闷热，水土不适就会拉肚子、有皮肤病等。仫佬医药的生理病理、病因、病机理论这些认识都体现了人与自然的和谐。因此主张天地灵气与人体脏腑、气血、筋脉等要相适应，保持协调平衡。仫佬族有这样的习俗，小孩生病找一棵树，一块石头做“契爹”“契娘”等，可以防病除灾。

第二，仫佬医药对脏腑、“窗门”的认识有利于防止各种脑血管、心脏病的发生，维持人体的健康。

仫佬医药认为，人体是一个有机的结合体，构成人体内在的脏腑有神及五脏六腑，神藏于巅顶脑髓，下贯脊背，是全身灵气的主宰，制约全身活动，为智慧气力之源泉。神与脏腑之灵气互相协调，维持着人的生理生命的活动，如果两者失衡，就会生病。因此主张人体神之灵气要协调，心之灵气要协调，肺之灵气要协调，肝之灵气要协调，胆之灵气要协调等等，便可以防病保健。结论是生命在于平衡。

第三，仫佬医药认为，通过心理的调适，维持人的生理生命的活动。当脏腑受损，脏腑之灵气失调，就会引起人的生理功能失和，从而产生疾病。

现代心理系研究显示，当一个人感到烦恼、苦闷、焦虑的时候，身体的代谢就会受到抑制；而人的心情愉快时，整个新陈代谢就会改善。生活本身充满矛盾，关键在于调整心态，妥善解决矛盾。

仫佬医药强调神的灵气调节，心之灵气的调节，保持一种良好的心态。通过引导改变人的认识、感受、情绪、行为，可以增进人的身心健康。如何调适心理呢？仫佬医药认为，要做到心理调适：一是培养兴趣，兴趣爱好能修身养性；二是笑口常开，要多想好事、喜事；三是丢掉完美主义，不去互相攀比；四是让生活多一些变换，多一些浪漫。

第四，仫佬医药诊疗技法对调理身体保健养生有独到之处。

仫佬医药常用的诊疗技法有 26 种,这些技法在仫佬族地区民间广为使用,既可治病,又是保健养生的妙法:一是穴位疗法,艾灸疗法;二是挑治、刮痧疗法,捏脊疗法;三是自然疗法;四是针刺放血疗法;五是滚蛋按摩治疗法;六是吹点疗法,药熏疗法等等。

这些疗法既简单,又适用,既可以医生用,又可以老百姓自己用。这些疗法,都具有良好的效果,能增加免疫力,实现扶正祛邪,平衡阴阳,调节脏腑气血功能,促进局部血液循环,改善新陈代谢,从而使机体的正常活动得到恢复和维持,将机体各脏腑组织器官的功能调节到或接近于最佳生理状态,起到预防疾病、强身健体的作用。

第五,仫佬医药还特别重视饮食平衡,合理的膳食营养有利于维持人体的健康。仫佬族的饮食习惯做到一日三餐正常进食,一般都是早餐、中餐稀粥,晚上干饭。五谷杂粮都吃,平时都是素食,过年、过节、婚、丧、喜事才吃些肉类。因此仫佬人都很少发胖,身体比较强壮,每年的招兵入伍率都很高。

仫佬人最有特点的是辣椒钵,每家每户都有,把辣椒和其他东西都打碎后食用,对肠胃消化系统有好处。仫佬医药还主张食养、食疗、食节、饮食禁忌等,都是保健养生的好方法。

同志们,党的十八大提出了一系列新思想、新观点、新目标、新举措,描绘了实现中国梦的美好远景。党的十八届三中全会吹响了全面改革的号角。我们相信,保健养生事业在新的一轮改革发展大潮中，一定能有新发展、新成就，把健康惠及全体人民，使“保养身心、健康人生”成为每个中国人的向往，美丽中国梦在人们身心健康中实现！

二〇一三年十一月二十二日

保健养生　健康人生　共圆中国梦

——在广西首届保健养生论坛上的致词

女士们、先生们：

在永福县举办第八届桂林永福养生旅游福寿节之际，广西保健养生学会与永福县人民政府兄弟行业协会联合举办这次广西首届保健养生论坛，这是广西保健养生事业发展中的一件喜事、实事、好事。从参加会议的阵容看，人数多、层次高、面很广，特别是北京等地的专家学者远道而来，给这次论坛增色、添彩。借此机会，我代表广西保健养生学会对论坛的举办，对各位专家学者的到来，对潜心真诚支持保健养生事业发展的各位领导表示祝贺之情、欢迎之心、感谢之意！

今天的开场白，我想讲三层意思：

第一，讲讲为什么要举办这次首届保健养生论坛。

理由有三：

其一，当今保健养生事业已经成为人类普遍关注、关心、关切的问题，世界各国、全国各地都在积极探索保健养生的理论与实践，举办这样的论坛，可以达到沟通信息、交流经验、探讨问题、升华理论，共同推动保健养生事业的发展的目的。

其二，广西保健养生事业起步早、进步慢、面很宽、实效微、实践多、理论少，举办这样的论坛可以集思广益，统一思想，达成共识，使我们能在理论研究中提高、在实践中收获，逐步构建地域性、民族性、科学性的保健养生理论体系。

其三，广西保健养生事业的发展最关键在于人才。目前广西这方面人才十分紧缺。事在人为业靠人兴，举办这次论坛可以发现人才，对于那些潜心从事保健养生事业的人才要重点培养，大力扶持，努力建立一支高水平、高效能、高层次的保健养生队伍。

第二，讲讲为什么在永福县举办这次论坛。

理由有四：

其一，永福县是广西第一批被命名的全国长寿之乡，多年来县党委、县人民政府十分重视保健养生长寿事业的发展，先后举办了七届养生旅游福寿节，有广泛的群众基础，并被定为全国保健养生产业示范基地，有扎实的工作基础。永福县还有丰厚的福寿文化底蕴，我们在永福举办保健养生论坛是在合适的时机,找到合适的地方,探讨合适的课题。

其二,永福县在贯彻落实区党委、区人民政府关于"加快发展养生长寿健康产业"和"建设一批休闲养生度假基地"的决策部署中,思路清晰,方向明确,动作迅速,措施有力。作为广西保健养生学会应当给予大力支持,提供强有力的理论支撑。

其三,广西保健养生学会已经与永福县签订了战略合作框架协议,其中包括要在永福建设一座"国际、高端、文化、民族保健养生体验基地",在永福举办这次论坛,可以请专家们进行实地评估和参谋,以求决策更加科学更加完善。

其四,广西保健养生学会构想,在永福设立永久性、民族性、广泛性的国际保健养生论坛,每年举办一个专题班学习研究。这次论坛就是"丢块石头试水深"的作用。希望大家来分析其可行性,以便我们最后向自治区有关部门申报。这个永久性的国际论坛,是争取政府支持、民间举办、专家参与、国内企业家资助、财政补贴的办法。

第三,讲讲如何开好这次首届论坛。

一是秉承宗旨,紧扣主题。这次论坛的宗旨是:发展绿色生态,建设美丽广西,推进养生旅游,构建保健养生产业,推动经济发展。论坛的主题是:生态环境与保健养生产业发展。打造永福"福寿双全圣地,保健养生天堂"品牌。

二是采取看、议、论、谈四结合开放性的学术研讨与交流方式进行,畅所欲言、敞开心扉,以大会发言、沙龙交流、书面发表等多种方法进行。

三是为了方便专家学者实地考察永福的生态环境,体验福寿圣地之灵气。我们可以适当组织专家学者深入一些景区考察研究,现场体验。总之,这次论坛一定要搞得活一些,深一些,有趣一些,把枯燥的理论研究变为生动活泼的交流,开创学术论坛一种新形式、新局面。

女士们、先生们,保健养生事业是造福人类的美好事业,功在当代、利及千秋。我们今天能够从事这样伟大的事业是我们人生之福,人生之幸！让我们满怀激情,用善心、真心、诚心、热心去探讨人类保健养生的奥秘,学习宣传保健养生的科学知识,掌握保健养生的技能,建立科学生活方式,使全社会形成“学健康知识,用健康技术,促健康快乐”的良好氛围,实现全民“保养身心,健康人生”的目标,为圆美丽中国梦贡献力量！

预祝论坛取得圆满成功！

祝大家健康快乐！

二〇一三年十月十二日

把握特点 大胆创新 打造机关文化品牌

——在广西区直机关文联工作会议上的讲话

广西区直机关文联刚成立180多天,在这短短的半年内,在区直工委的正确领导下,经过我们各方面共同努力和各联谊会的紧密配合,做了大量很有成效的工作,这是大家想象不到的。可以说,创造了社会文艺组织工作效率之最。为什么能有如此高的效率,关键是区直工委邓全玉副书记和倪萍副书记两位领导工作热情高,抓得紧,抓落实。最近流行说时间都到哪儿去了?他们的时间都用在抓这方面工作上。刚才倪萍同志如数家珍把区直机关文联的工作情况作了汇报,对今年的工作做了很具体的安排,这个思路非常清晰,要求也很具体,各项活动很接地气,体现社会组织性质和工作目的。可以用两句话概括:“高端大气有内涵,低调务实接地气”。我作为主席,表示非常宽慰、非常同意。刚才,各联谊会的领导都提了很好的意见,你们都是专家型的领导,讲的都在点子上,很好很中肯,要认真吸纳落实到今年的工作中去。关于今年的具体工作我在这不打算讲了。下面在宏观工作思路上我讲三层意思,供大家参考。

第一层意思,我们要站在这样一个时代背景下,认识成立区直机关文联的意义与作用。首先,广西区直机关文联的成立是新时期机关工委工作的一个重大转移,是在继承传统成功工作经验基础上一种工作方式的创新。为什么这么说?大家知道,我们现在处在一个全新时代,世界各种文化交锋、交流、交融,人们的价值观受到很大冲击,很多理念、理论如同雨后春笋,媒体时代信息爆炸,自我欣赏的个性需求等等都展现在我们党的工作中。面对这样的新形势,我们采取什么样的工作方式、方法,开展党的思想政治工作、党的组织工作,使党的工作更有针对性、实效性,这是摆在各级机关党委面前亟待解决的问题。区直机关工委在继承传统工作方式、方法的基础上,利用文化的力量,使党各项工作的健康发展取得了可喜的成效,找到了新时期党的思想、组织工作的新方式、新方法。

其次,党的十八大提出了实现中国梦,为我们勾画了中国发展的美好蓝图。要实现中国梦必须找到中国人的精神支柱、中国人的精神基因。历史证明,中国人的精神支柱和中国人的精神基因就是中华民族优秀的传统文化。英国著名历史学家汤因比讲过一段话，他说上个世纪西方国家把整个地球都给带进一个科学的、发达的、富裕的世界，但是世界最后要成立世界国家，不是靠军事、不是靠科技、不是靠掠夺，而是靠文化。这个文化靠的是什么呢？就是中华民族传统文化。中国文化使这个庞大的文明帝国，稳立在五千年之中，这个威力是不可低估的。所以说我们要实现中国梦，必须用中华民族优秀传统文化来形成我们中国人的精神支柱，才能最终实现中华民族的伟大复兴。

其三，随着物质生活的不断提高，广大干部党员对精神生活提出了更高的要求，对文艺的鉴别力、欣赏力和参与的积极性空前提高。党的思想政治工作，必须适应干部、职工这种精神层面的需求，才能增强党的思想政治工作的吸引力、感召力。区直机关文联就在这个历史背景下应运而生的，它找到了我们必须用文化的力量来统一我们区直机关干部职工和广大党员干部的思想和行动，统一到党中央实现中国梦的目标上来的道路。所以区直机关文联的成立是为我们区直机关思想政治工作和文化建设提供了一个载体和广阔的平台，提供了党委思想工作新的形式、新的途径，适应形势发展的需要，满足党员干部的文化需求。这是一种创新。

第二层意思，我们要很好地把握区直机关文联的特点开展工作，才能取得理想的成效。区直机关文联的工作跟自治区文联工作既有共同点，又有很大区别。从组织原则上，我们是自治区文联团体会员,从工作职责上,区直机关文联侧重机关文化。因此有自己的工作特点。

一是业态性。区直机关是一个高层次、分专业的庞大的机构群体,各有各职,各有各业,不同的部门,不同的性质。所以我们的工作一定要根据这种业态性,因行业制宜、因地段制宜、因工作分工制宜,因行业性质制宜,要区别对待,不能一刀切。比如卫生厅的不会唱水利厅的歌,交投不会唱文投的歌。用这种业态性质来确定我们的工作方法,来确定我们的活动形式,来确定我们取得的效果。

二是协同性。尽管各单位情况不同,但作为党、政府机关,同在一个机关党委管理之中,依然可以协同开展一些文化活动。这个协同性包括各个单位之间、各个行业之间和行业内部之间的协同性,可以在资源上共享、资源上整合、人才上借用、资金上互助等。这种协同性充分表现在我们各个联谊会的工作之中,通过联谊来开展工作。

三是公益性。区直机关文联的一切活动都是非盈利的,是公益的。而且这些公益活动目的是将文化惠及我们机关干部职工,让他们真正享受到在我们机关文化发展中得到的一些利益。特别像现在的一些大型的晚会,对于群众来讲、干部职工来讲,看不起啊。那是有钱人、大老板看的,他怎么看得起?一张票几百、上千块。农民讲歌星一开口就吃了我的猪。大牌歌星出场就30多万,养一头猪一年才3000块钱。“啊”一下,一头猪就没有了,他怎么能看呢?我们区直机关文联的各种活动要真正使文化、文艺惠及干部职工,讲的是社会效益,不求经济效益,有鲜明的公益性。

四是时效性。时效性讲的是时间的效率,时事的作用。机关文化和文艺工作跟地方文化工作的不同点在于追求立竿见影的效果。如果搞一项活动几年都没效果,时效性很差,就不行了,我们开展一些活动,一定要在一个时段中开展,某项活动必须在这个时段中产生效果。比如我们现在宣传核心价值观,就要通过一种非常柔和的文艺形式把这个核心价值观灌输到广大党员和干部职工当中。寓教于乐,寓教于学,既做到"春风潜入夜",又实现"润物细无声"。我们的中国梦教育也是一样,通过讲中国故事、讲广西故事,使大家都知道什么是中国梦,什么是广西梦,如何去实现梦想。如果讲老半天,大家都听不懂,这种教育、宣传的时效性就差了。

五是服务性。区直机关文联的宗旨就是服务。为党委政府中心工作服务,为机关单位文化建设服务,为丰富干部职工文化生活服务,为提高公务员的道德水平服务。这四个服务一定要贯彻文联工作的始终,落实到每个活动中去。我们这种服务,不是搞形式的,喊口号的,更不是光写在文件上的,而是实实在在的、真真切切的。通过服务,使我们的思想政治工作接地气、助人气、激生气。这个就是我们服务的目的。

第三层意思,我们区直机关文联要不断创新,不断出成果,必须着力培养人才。俗话讲,事在人为,业靠人心,文靠人写,事靠人办,钱靠人赚,没有人不行。因此文化要大发展,大繁荣,必须着力培养一支文艺人才队伍。什么叫人才?我的理解是,所谓人才,有三个层面:一是人都有才,但才有高低之分,每个人都有高人之处。瞎子为什么手脚特别灵敏,因为看不见,靠感觉。所以是人必有才。二,有人的地方必有人才,三人一行,必有我师。三是人才必定有超人之才。我们要这样去衡量我们的人才,不要拿我们机关的文艺骨干跟歌星比。区直机关近150个厅局单位,可以说是卧虎藏龙,聚集着广西的精英,有各类不同的人才,这里面不乏文艺人才。关键在于我们怎么去发现、挖掘、培养和利用好人才。有句话要颠覆,就是"是金子就会发光的"是不对的,是金子也只有开发出来才能发光。你没发现它,埋在地下怎么发光呀。还有一句"知识就是力量",知识本身没有力量,知识只有变成行动后才有力量。所以我们要很好地发现人才,培养人才,利用人才,要用全新的角度看待人才的培养。我建议是不是从这几个方面去做我们区直机关文联的人才培养:

第一,要开发领导层。就是要先把领导层的文艺人才挖掘出来,其实我们广西很多领导是多才多艺的,琴棋书画、唱歌跳舞、写诗作赋都在行,关键要把他们的一技之长开发出来,既支持文艺工作,又参加文艺活动。上世纪90年代,广西曾经搞过一个厅级干部卡拉OK大奖赛,轰动全国。很多人过去不一定唱歌，一唱歌就唱得很好。但现在很多领导不敢参加活动，怕别人说。我想关键在于处理好执行中央八条规定与文化活动的关系。中央的八条规定，我们是一定要坚决贯彻执行的。但在八条中，并没有讲领导不准参加健康文明的文化活动。文化是一个人素养的展示，他为什么要埋没自己的文艺才华呢？我常讲，文化可以养心、养身、养颜、养神、养家。所以我们讲要开发领导层，大力宣传。我们区直机关文联可以搞领导书法大赛，适当的时候搞一个领导歌咏比赛。本来很好的一个体育活动，领导不敢参加；一个很好的书法展，领导不敢参展。我个人认为参加正常的、健康的机关单位文体活动，不是违反中央八条，领导可以大胆参加。八条规定讲的是你不要去搞什么商业剪彩，不能进营业性娱乐场所、会所，不能参加不健康的非法的文体活动等等。我曾经讲过一个领导要有三种威信。第一种是职务威信，第二是文化知识威信，第三是人格魅力威信。第一种威信重要，但不可忽视后面两个威信。我们要培养人才，首先要开发领导层的人才挖掘，区直机关工委有这个能力。你是领导，但是你是我的党员啊，要解放思想，大胆组织开展领导干部的文体活动。

第二，要积极广泛开展活动，在活动中发现人才，在活动中培养人才，在活动中提高人才。区直机关文联是社会组织，一无权二无钱，只有通过开展有益的社会活动，提高自己的生存能力，才有为有位。文联工作的载体、平台，就是搞活动。活动活动,活就要动,动了就会活。如果一个社会团体成立在那里,一年就是集中在一起喝两杯酒,吃个饭,OK一下,而且还找一个老板赞助,这就失掉了存在的意义。这种协会没有什么影响力。所以我们区直机关文联指导思想非常明确,就是一年内把活动计划排得非常满,一个接一个。通过开展不同门类、不同层次、不同行业的活动来发现人才,来组织我们的骨干队伍,非常有效。很多原来没发现的,但大合唱一搞,发现她去领唱也可以。原来以为她不会跳舞的,单位组织晚会,跳个舞,发现她不但会跳舞,而且跳得特好。活动可以发现人才,培养人才。

第三,我建议区直机关文联要举办一些短期培训班。利用区市党校的阵地培训我们的文化体育骨干,请高手名家来讲课。可以举办书法笔会,还可以搞文学创作,组织文学爱好者到基层单位采风,然后搞征文活动,通过作品点评来提高我们一些爱好者的水平。另外还可以利用网络,搞网络文联,以新媒体作为展示我们作品的平台,来展示我们文学爱好者、文学青年的作品,通过网络传播拓宽工作的途径。我们可以与自治区文联联合起来,他们办班,我们派人去参加。我们是自治区文联的团体会员,关系要融洽,你中有我,我中有你,借助他们的力量培养我们的文艺人才。

第四,要建立区直文联独特的奖项、独有的奖项。比如音乐舞蹈,每年或每两年搞一次比赛评奖,书画美术搞评奖,文学创作搞评奖等等。如果是哪个企业赞助什么奖杯,如果需要专门挂名,你每年给多少钱我就挂名。通过评奖,不断提高广大干部职工的创作水平和对文学艺术作品的欣赏水平。这就是培养人才的一个重要途径。

最后,在工作方法上,我讲一点体会。我们这个区直机关文联的工作,它既是散装的,又是集装的;既是退休干部可以参与的,也是在职干部可以参与的;既是青年人的文艺活动,又是老年人的活动。因此,在工作方法上,一定要坚持以人为本,以理服人,以情感人,以人格的魅力影响人。要善于发现人的优点、特长,多一些人性化的工作方式方法。有那么几句话可以供大家参考:一是把别人当自己是一种觉悟。换位考虑问题,他现在想的就是我当年想的,我们没当领导的时候,在最底层的时候想的东西,就是他们现在想的东西,所以把别人当自己是一种觉悟。二是把自己当别人是一种醒悟。因为你现在官大了,而且你想象一下他现在处的位子,当你批评他时,你想别人心里是怎么想的,所以把自己当别人是一种醒悟。三是把别人当别人是一种感悟。他就是一个实实在在的人,不要老是用自己的长处去衡量别人的短处。他还是他,人比人气死人! 四是把自己当自己是一种自悟。一个人不要把自己太当回事,也不要把自己不当回事。太当回事会脱离群众,不当回事会没有自尊心、自信心。我们整个工作一定要本着这种方式方法来开展活动,就会有凝聚力、感召力和向心力了。邓、倪书记她们两个女同胞,搞得非常活,非常有生气,她们充分发挥了女同胞的优势，非常有亲和力。区直工委班子的领导亲民、亲力亲为。希望继续发挥这种务实的工作作风，在今后的工作中，我们一定能够创造出一些很新鲜的经验，新的成果，把我们区直机关的整个文化活动搞活起来，使我们以全新的面貌来回报广大干部职工对我们的信任！

非常感谢各联谊会的领导的支持与关怀关照，有你们的支持，我们充满信心。就我而言，过去是有力无心，现在是有心无力，但是任何时候我都会尽心尽力，凡是有利于广西文化事业发展的事，我都会竭尽全力，献上绵薄之力。

祝大家家庭健康，个人幸福，身体快乐！

关于推进桂学研究几个问题的思考

——在广西桂学研究会(2012 年)立项研究课题签约仪式上的讲话

尊敬的各位专家、学者、同志们、朋友们:

今天,桂学研究会理事们和各位专家聚集一堂,开个年度会议,这个会既是上半年工作的总结,也是第二批立项课题的签约仪式。为什么要搞这个签约仪式呢? 原因有三:一是把我们研究的课题向社会公布立项签约了;二是让立项课题的负责人公开向社会承诺,一定要全力搞好承担的课题;三是借此机会宣传桂学及桂学研究情况,让领导和群众以及参与课题研究的同志有所了解,大力支持,积极参与桂学研究。刚才容本镇副会长做了比较详细的汇报,介绍今年以来桂学和桂学研究的进展情况,讲得很好,很实在! 接下来我想就桂学研究需要注意的几个问题讲一讲自己的意见,并和大家商量。

桂学研究会可以说是半官半民，因为副会长们都还在职，是经过区党委批准任命发了红头文件的，这一点与其他民间组织不一样。自桂学研究会成立之后，区党委、区人民政府给予了高度重视。自治区领导同志每次见到我都问桂学的情况，我都会如实向他们汇报。马飚主席上次来文联考察也特意进了桂学办公室，他说："桂学每期简报我都很认真看，桂学作为广西的地域文化研究，应该抓紧、抓好。"其他领导同志也都非常关心桂学，黄道伟副主席对我说："今后桂学研究有什么困难，我们都会尽力帮助解决！"桂学研究会也得到社会各界人士和企业家们的大力支持，他们在资金上、办公设备上给予支持和帮助。有诸多领导和社会各方的大力支持帮助，我们相信桂学的前景是美好的，随着时间的推移，会更显出它的强大生命力和积极的作用。

关于桂学研究的问题，这是桂学研究的主要工作。自去年以来已经立项了两批课题 34 项。我们计划每年上 15—20 个课题，年年干，干上 10 年，必定成果斐然。这里告诉大家一个好消息，经过广西师范大学胡大雷教授等专家学者的申报，桂学已经列入国家社科重大研究课题。这标志着桂学已经进入了国家社科研究的层面，这是一件了不起的大事，值得庆贺！希望各位专家有连续作战的思想准备，我们将把以后的工作重点放在研究上，力争在一些重大历史事件、历史人物和民族文化研究上有新的突破、新的成果，填补广西地域文化研究上的空白。

下面就桂学研究问题讲几点意见,供大家参考。

第一,桂学研究既要重视史学的研究,又要有时代的意识;既要有本土的文化特点,又要融进其它先进文化的元素。桂学是在改革开放之后提出来的全新的概念,桂学研究会是21世纪成立的一个学术组织,和湘学、楚学、闽学不尽相同,他们研究的是当地的历史人物、历史事件,像徽学研究的是徽派建筑、徽商。而桂学是全方位研究广西地域文化,广西历史人物、历史事件。我们在进行历史人物、历史事件等方面研究时,要进行历史的、科学的探究分析,不能简单地用正确与错误、革命与反动,或者好与坏等政治概念来判决。要坚持辩证唯物主义和历史唯物主义立场、观点和方法去分析研究。不能离开当时的历史时代背景,片面地看待、分析问题。像对李宗仁、陆荣廷这样的历史人物的研究都必须用历史的眼光去研究,一分为二地看待其功过。在与党中央对历史人物、历史事件基调保持一致的前提下,要跳开一些其它的因素来进行研究,只有这样才能恢复历史的本原。另外,在研究广西文化的过程中,一定要注意保护和把握本土文化特点,但又要用现代的文化观点进行深化剖析,融入先进文化的元素,形成我们的基本观念和理论体系。桂学研究还要注意对一些新文化现象进行研究。比如,广西新歌圩现象,办节热的文化现象。现在有的县一年办五六个节,花大量的钱。我们桂学可以做些研究,对这些文化现象的起因、特色、作用，进行全面的分析、剖析，阐明优劣、利害，做好引导。这对广西文化建设健康发展有好处。现在是有什么新产品办什么节，有什么吃就办什么节，文化节办得大滥、大乱，把文化俗化、简化、浅化了。新的歌圩现象，现在歌圩已不是传统的歌圩了，现在街头巷尾也搞，在内容、形式、作用、地点等方面都发生很大变化，对这些文化现象进行研究，做好引导，对广西歌圩健康发展有利无害。

第二，桂学研究一定要注意研究方法。首先要有总体规划，整体设想，做到心中有数，然后分步实施。不能打无准备之仗，不能脚踩西瓜皮，溜到哪里就哪里。因此我们要制订五年计划，然后按计划进行研究。其次，要注重吸纳前人的研究成果，我们的研究不是推倒重来，而是接力棒：一是桂学要研究前人没有研究过的问题，要作为重点研究；二是桂学要研究前人没有研究完的问题，通过我们继续研究形成体系，成为广西最有权威的研究成果；三是桂学研究前人研究完却没有研究透彻的问题。通过一系列的研究，把广西的文化搞清，搞深，搞透，包括少数民族的文化研究，广西民族大学将作为少数民族研究的基地。再次，桂学研究要集中优势力量，打总体战，打阵地战，打歼灭战。有的是集体攻关，有的分兵突破，因时而异，因事而异，因地而异。最后，就广西目前的研究力量很难完成桂学研究这个浩大的工程，必须吸纳、引进全国的研究力量，参加桂学课题研究。因此，我们的课题是向全国、全区招标的，通过这个招标，借外脑，借外力开展桂学研究。

第三，桂学研究一定要在研究的实践中培养自己的队伍。现在广西 60 年代以前的研究人员屈指可数，而 80 后、90 后的年轻人搞理论研究的又不多，有点青黄不接。桂学想要继续发扬壮大，薪火相传，就必须从现在开始培养一批新的研究力量，组建一支有活力、有战斗力的研究队伍。我们这一代人只能把桂学的基础打牢，桂学大厦的建造还需要年轻一代来完成。从战略眼光来考虑，我们将采取以下几个措施来培养我们的研究队伍：一是在课题立项上，要对高校倾斜，让高校师生多承担些课题，使他们在研究实践中了解桂学，重视桂学，热爱桂学。从 2012 年开始，我们深入到高校作桂学研究学术报告，很多广西学生非常感兴趣，他们认为自己有责任去做这件事。通过这样来发现人才和培养人才，组建我们的队伍。二是对有潜力、能力、功力的年轻的研究人员、理论家要实行签约制，不单纯是课题签约，而是属于桂学研究成员的签约。先由老一辈专家推荐，年轻研究人员申请，桂学会长办公会评审通过，签约 2 年。我们将定课题、定人员、定时间、定稿酬，每月给 2000 元签约金，使之成为桂学研究的中坚力量。签约期间享受桂学理事出省、出国考察等待遇。三是要组织年轻的研究人员出省考察，下基层作田野调查，以及其他对外文化交流和各种类型的理论学术研讨会等。四是对于有潜能、有功底但没有文凭的青年研究人员，桂学可以资助他完成学业，读研考博，甚至短期到国外留学。通过这些措施，把一批年轻、有活力的研究力量集中在桂学旗帜下，相信桂学之树会常青，研究事业一定可以所向披靡。

第四，要加强对桂学研究成果的包装、宣传、推销，使研究成果产生实际效益。桂学作为一个学术组织，它的成果一定要为社会服务，为经济建设服务，为党委、政府的中心工作服务，为文化建设服务。目前我们已经立项了 34 个课题，每完成一个课题，我们都将对其进行文化价值评估，分析是否能成为一个文化品牌。如果可以，我们要着手包装、宣传，大力推广。2011 年，黄伟林副会长主持的《广西文化符号影响力调查》现在已有结果，反映很好。因此，我们除了要出书，还将对广西具有代表性的 120 个广西文化符号用动漫的形式或者专题片的形式广泛宣传。每个文化符号制作成 5 分钟的动漫，进行大力宣传。这既宣传了广西文化、宣传了桂学，又达到了教育后代的作用，同时还可以产生一些经济效益。我们的课题除了纳入桂学文库外，对于优秀课题，还将作为精品申报各类奖项。通过奖项来宣传、推广桂学。我建议，桂学每四年评一次桂学优秀研究成果奖，叫什么奖大家可以商量，这个奖，相当于省级最高社科类奖，资金要重点，以此来充分调动各位专家的研究积极性。同时，通过新闻媒体进行广泛宣传。

第五，要加强桂学研究项目的管理。区党委非常重视桂学研究，区财政拨专项经费，因此，我们要用好钱，搞好研究，多出成果，多出精品，向区党委、区政府汇报。管理不是约束而是服务，桂学将成立一个课题管理小组：一是掌握进度，二是解决问题，三是做好服务，四是兑现报酬。课题负责人也必须有责任感、使命感，拿出最好水平，组织精英部队，按时、按质、按量完成研究工作，争取 2013 年出版第一批立项课题书籍，3—5 年内推出一批桂学研究成果。我们有信心、有能力实现这个目标。

希望在座的各位理事、专家、学者同心协力，努力把桂学研究这件功在当代利在千秋的事业做大、做好，做出成效来！

二〇一二年十月二十日

抓住重点　整合力量　深入研究　强化成果

——在西江历史文化与社会发展研讨会上的讲话

在龙年即将过去、蛇年即将到来的辞旧迎新之际，我们在梧州学院召开西江历史文化与社会发展研讨会，并举行桂学研究会梧州学院研究基地挂牌仪式，以这种形式辞旧迎新，很有意义。

选择西江文化作为广西桂学研究会对区域文化的突破口，是我们从文化战略的角度思考的结果，原因有四个方面。

第一，梧州作为一个有两千多年历史的古城，在广西的文化地位是不可低估的。梧州是广西东大门，是广西经济的口岸，也是引进外来文化的口岸，这里有鲜明的桂东文化、岭南文化、水文化、客家文化、宗教文化、骑楼文化等等，可谓底蕴丰厚，绚丽多彩。虽然近年来我们对西江文化有了一定的研究，但还不够深入，所以广西桂学研究会决定对西江文化进行重点研究，也就是对广西文化进行深入研究。

第二，梧州毗邻港澳和广东，它们的经济文化的发展是相互促进，不可分开的。过去广西依托广东、香港和澳门，在经济上有所发展，今天我们研究广西文化，离开广东和港澳是不可能的。广东的岭南文化研究与桂学研究你中有我、我中有你，如果研究桂学，与岭南文化隔离开来，则是无源之水、无本之木。把两省区的文化优势、文化资源联合起来，对推动桂学研究和桂学研究的发展是大有好处的。在这方面，我们一是可以追根溯源，二是可以借助岭南文化的研究资源和成果丰富桂学研究。

第三，研究广西历史而不研究梧州历史，研究广西文化而不研究梧州西江文化，是不完整的。梧州具有光荣的革命历史，涌现过无数的历史人物，发生过许多重大历史事件，这些事件在中国历史、广西文化发展史上都产生过重大的影响，是桂学需要研究的。所以我们以梧州西江文化研究作为切入点，对桂学研究，起到丢块石头问河深的作用，把梧州西江文化历史研究透了，对于研究广西文化历史有着重要的作用。

第四，这些年来，以梧州学院为主体的西江文化研究队伍已经形成，这支队伍为西江文化研究作出了积极的努力，取得了一定的成果，广西桂学研究会在此基础上建立一个强大的研究基地，组织强大的研究队伍是水到渠成。通过整合资源、整合力量，集中攻关，将对梧州西江文化研究起到进一步的推动作用。

研究基地建立之后，研究任务有三个方面，一是研究前人没有研究完的问题，二是研究前人没有研究过的问题，三是研究前人研究得不深、不透的问题。我们以这三个方面为研究对象，加强梧州研究基地建设，以此推动梧州社会、经济、文化发展，乃至推动整个广西文化、经济建设。这是我们建立桂学研究基地的目的与归宿。

桂学研究会从成立至今已经历时三年了，随着时间的发展，我们将从下面四个方面推进桂学的深入研究。

第一，分区域进行研究。我们今天举办的西江文化研究，就是我们的区域研究之一。过去我们对广西文化版图划分不够清晰，现在我们以五大水系将广西文化分为五个文化圈，即漓湘文化圈、左右江文化圈、红水河文化圈、北部湾文化圈、西江文化圈。西江文化圈研究是桂学成立后启动的第一个较大的文化区域研究。

第二，要着力对广西的 12 个世居民族进行系统、深入、全方位的研究，这项工作要逐步开展，目前各民族的文化研究都在进行，桂学要在各民族研究的基础上进行深度、系统的研究，要取得一系列有权威、有影响的理论和文化成果。

第三，要对重点地方、重点人物、重点事件集中力量重点研究。我们要排排队，先把古今要重点研究的人物和事件列出单子，然后采取先易后难、先急后缓、先重后轻的办法，组织力量进行研究，经过反复细致、科学的论证得出正确的、权威性的历史结论。

第四，在研究方法上，实行开放式研究。今后，除了召开像今天这样的研讨会之外，还要采取研究成果汇报会的方法，即由课题组的同志向专家学者报告，然后请专家学者提出问题，由课题组答辩，再由专家评审通过的方式，进行开放式研究，不断丰富和提高研究成果，最终达到开门研究、扩大影响、丰富内容、注重成果的目的。

经过三年的努力，现在桂学研究已经进入国家社科研究的层面，获得了国家社科基金重大招标项目立项。为什么桂学研究能够在三年的时间内就列入国家重大课题？国家图书馆党委书记、副馆长詹福瑞说，第一，桂学研究的不是传统意义上的广西文化，从国家文化战略上看，广西作为面向东南亚的桥头堡，桂学研究占有重要的战略地位，我们与东南亚很多国家文化同源，习俗相通、语言相近、地域相连，所以从国家研究层面来说，把桂学研究好，就可以辐射东南亚，这是国家文化战略；第二，桂学研究有创新，与过去一般的地方学研究不同的是，桂学研究把死研究变成活研究，好比柜子里的一件衣服，其他地方学研究的是这件衣服是哪个朝代的，什么质地，研究之后衣服又挂回了柜子，而桂学除了研究这些问题之外，还着重研究这件衣服现在谁穿合适，并且做出适应时代需要的新衣服；第三,桂学作为一个新兴的区域文化研究,它的研究对象是全方位的,具有导向性的意义,这三点决定了桂学研究可以列入国家社科研究层面。这是广西桂学研究发展史上的一件大事。自治区党委领导十分关心桂学研究,广大干部群众也逐步了解桂学、支持桂学,很多专家学者积极参与桂学研究,不少人要求加入桂学研究会。当前,桂学研究发展势头很好,我们一定要乘势而上,把桂学研究搞好,不断取得新的成果。总体上看,广西桂学研究发展前景是非常好的,我们在这个历史的节点上能从事桂学研究,是我们人生之幸,人生之福,人生之光荣!

希望各位专家学者认真学习贯彻党的十八大精神,沿着十八大提出的建设文化强国的奋斗目标和区党委提出的建设民族文化强区的奋斗目标,不懈努力奋斗,做出我们的贡献,不辜负时代的重托!不辜负历史的使命!不辜负广西各族人民对我们的希望!

二〇一三年元月十四日

在广西桂学研究会 2013 年理事会议暨《桂学文库·广西历代文献集成》首发式上的讲话

各位理事、同志们：

金龙献瑞，银蛇狂舞。一年光阴又过去了。我们桂学又长了一岁，今年已经三岁了，正是幼儿发育期。刚才容本镇副会长作了桂学研究和工作的年度总结，其他理事也作了发言，在区党委的正确领导下，我们始终坚持贯彻学会的宗旨和承担的义务，2012 年是桂学丰收的一年，是喜事、好事、大事多的一年，也是大家共同努力取得的宝贵成绩。现在桂学的名声已经打出去了，进入了国家重大研究课题，这标志着桂学已经进入了国家文化研究层面，这是了不起的事情，其他一些省学都搞了几十年，我们刚刚搞了三年就进入了国家文化研究层面，这是给广西增光的事情。为什么桂学能列入国家重大课题，国家课题组组长认为有三大原因:第一,桂学已经不仅仅是对广西文化历史研究,从国家文化战略上看,广西作为面向东南亚的桥头堡,桂学研究占有重要的战略地位,我们与东南亚很多国家文化同源,习俗相通、语言相近、地域相连,所以从国家研究层面来说,把桂学研究好,就可以辐射东南亚,这是国家文化战略;第二,桂学的研究把死研究变成活研究,把一般的研究变成了开放型的研究,好比柜子里的一件衣服,其他地方学研究的是这件衣服是哪个朝代的,好在哪里,研究之后衣服又挂回了柜子,而桂学除了研究这些问题之外,还延伸出研究这件衣服现在谁穿合适,并且做出适应时代需要的新衣服;第三,桂学作为一个新兴的省城文化研究,它能够发展到今天,并有所建树,它的研究对象是全方位的,具有带动性、导向性。这三点决定了桂学研究逐步获得了广西乃至区外领导、专家、学者的接受。

在这个节点上,来考虑桂学今年的工作,就显得非常重要。对于今年的工作,这一段时间我一直在思考,下面我提几点建议,也希望大家多提意见,集思广益,把今年的工作抓好、抓实。

第一,做好桂学研究工作。一是做好第三批桂学课题研究的申报、招标、审核、确定、签约工作;二是开展广西文化区域研究,把广西文化按照水系分为五个文化圈:即西江文化圈、北部湾文化圈、红水河文化圈、漓湘文化圈、左右江文化圈,今年重点研究漓湘文化圈和北部湾文化圈;三是举办 2011、2012 年度课题结题、评审工作,并举办成果汇报答辩会,编辑出版课题成果;四是继续出版《桂学》第二期。

第二,继续出版《桂学文库·广西历代文献集成》。经过典籍委员会的艰苦工作,特别是何林夏、蒋钦挥两位副会长的努力工作,《广西历史文献集成》终于与读者见面,这是一个伟大的工程,标志着桂学三年内的重要成果,是一件集抢救、传承、利用于一体的很有价值的工作。正如何林夏副会长说的,这件事干得很辛苦,但很愉快,很有意思,很有价值。我们应当为此感到宽慰与自豪。目前已经出版了53本,计划今年再出版10—20本,下一步争取在桂学成立五周年之际完成整套典籍集成的出版工作。

第三,加强桂学研究队伍的建设。队伍建设很重要,桂学要兴旺发达,一定要有后继力量。近几年要下大力气在培养人才方面加大措施:一是在广西师范大学举办第一期桂学研究生班,一期50名学员,由各位会长、理事推荐学员报名,报名条件原则上是在职的研究人员,本科毕业的优秀研究生也可以考虑,争取2013年下半年第一期研究生班开班;二是实施桂学研究人员签约制,选拔有水平、有能力、有时间、有精力的研究人员进行签约,第一批计划签约10人,一签两年,每人每月两千元补助,为桂学研究人才提供保障;三是组织研究人员开展田野调查和采风,通过这些方式培养一支招之即来、来之能战、战之能胜的桂学研究人才队伍。

第四,加强对外文化交流。加强“走出去,请进来”,由桂学理事组织对外文化考察交流队伍，区外两条线路，一是陕西、河南、山西，二是广东、福建、海南；国外两条线路，一是北欧，二是东南亚，考察东南亚的这支队伍要在交流考察的国家建立广西书架。另外还要去北京向中国社科院和中宣部领导汇报桂学的研究成果，争取北京方面的支持。

第五，做好桂学研究成果的后继开发和宣传推介。一是桂学研究的第一批课题已经可以结题了，例如黄伟林研究的广西文化符号这一课题，制作专题片，每集 5 分钟，宣传广西文化；二是拍摄桂学成果专题片，用专题片的形式简要介绍 34 个桂学研究成果，从立项到研究经过再到研究结果的整个过程，在高校和电视台播放，包括典籍出版，也要作为一个专题；三是组织撰写桂学研究成果推介论文，召开研讨会，把成果推出去；四是选择某一个故事性强的研究成果改编成电影故事，尝试性地把桂学研究转化成文化产品。

第六，搞好桂学研究基地建设。桂学没有二层机构，因此桂学研究基地是桂学研究会的腿。建立研究基地显得特别重要，计划五个文化圈都分别建设研究基地。现在已经建立了广西师范大学、梧州两个基地，广西民族大学基地正准备挂牌。接下来我们准备在北海、钦州、柳州和桂西等地也设立基地。同时，要加快大本营龙门水都研究基地的建设，力争 2013 年 4 月进驻。

2013 年的工作很多，但千斤重担大家挑，人人眼前有目标。

希望今年比去年干得更好,成果更多,影响更大,我相信只要大家共同努力,有这个可能,我相信大家都会有这个信心和决心!

祝大家新年快乐,谢谢!

二〇一三年一月二十日

重视全州在漓湘文化中的地位和作用

——漓湘文化考察在全州座谈会上的发言

十六年前在全州召开第一个区域文化研究会:桂北文化研究;事隔十六年广西桂学研究会成立了,“桂学”就是广西文化学,广西桂学研究会成立的目的就是研究广西区域文化,“桂学”就是把广西地域文化作为研究对象的一种学问、学理和学科。在今年规划中提出漓湘文化概念,过去我们以地理方位来划分文化区域不够科学,由于过去交通主要靠水路,很多文化是靠水路传播的,因此以水系河流来划分文化区比较适合。在这个思路下我们重新把广西的区域文化划分为五个区域:漓湘文化区域、西江文化区域、红水河文化区域、左右江文化区域、北部湾文化区域。

今年我们着重对漓湘文化区域进行研究,从全州的角度去研究漓湘文化，内容丰富，意义重大。全州文化在漓湘文化中的地位是非常重要的。第一，全州文化是漓湘文化的重要组成部分，属重中之重。全州的历史是非常厚重的，在秦汉时期就已经很辉煌和繁华，后来由于历史变革，全州被边缘化，失去她应有的地位。但是这段历史没有谁可以否定也无法抹去，因此我们研究漓湘文化就应该把一定的人力物力财力放在全州文化的研究上。第二，全州文化的特点是漓湘文化特点的缩影。全州文化有一个很大的反差性，就是农村文化优于城市文化，古代考上状元的都是农村人，现在考上重点大学的也大多是农村人。把全州文化特点搞清楚了，就基本可以摸透漓湘文化的特点。第三，全州的人文历史和古籍非常丰富，将为漓湘文化研究提供可靠的史料。从目前掌握的史料和现保存的文物古迹来看，全州县境内是非常丰富的，这些年来全州的同志做了大量的整理修补和保护工作，我们在原有工作的基础上，再花些人力、物力、财力进行整理与保护，对漓湘文化研究大有益处。第四，全州的历史人物应当是漓湘文化人物研究的重点。全州的文化底蕴是其他县区不可比拟的，这里是零陵郡郡都，出现过许多历史人物，发生过很多历史事件，这些都是漓湘文化研究的重点，要对全州的历史人物、发生的重大历史事件、全州零陵古都的历史沿革做全面的研究。

刚才听了各位专家的意见很受启发，全州有这么好的研究力量和需求，今后广西桂学研究会在资金上可以给些资助。漓湘文化的想法和桂林市提出的寻找文化力量的想法非常吻合，要发展就要寻找文化的力量。什么是文化？以文化人，以文化物，以文化事就是文化，文化的力量是无穷的，文化可以养身，文化可以养心，文化可以养神，文化可以养颜，文化可以养家。平时我们说的“知识就是力量”这个说法不完整，知识只有变成行动才有力量，文化只有产生文化力才有力量，文化是要经过长期积淀的。全区 14 个市中桂林是最有文化力的地方，全州也是一个很有文化力的地方，全州人要深深挖掘文化底蕴，发展文化力，武装自己，升华自己，才能发展自己。全州的同志一定要有文化自信和文化自觉。文化自觉就是对自己的文化有自知之明，了解自己文化的过去、现在和发展的前景。不要妄自菲薄，也不要盲目乐观，要根据全州的实际，扎扎实实地抓，一定能抓出成效来。

十六年前我曾给全州人的特点作了概括，这也是漓湘文化现象。全州人的特点是，外刚中有内柔，活跃中有执著，粗犷中有优雅，急躁中有沉稳。但全州人有个毛病，有些问题喜欢争执，互不谦让。在这里我真诚送大家一副对联，上联：人生如梦，去就是来，来就是去，不要争来争去；下联：名利如云，得必有失，失必有得，不要患得患失。横批：顺其自然。过去我多次来过全州，这次来的感受是，全州的城建和经济发展变化很大，今非昔比，很多街道都认不出来了。如果湘桂走廊经济区建立起来，全州大有希望。遗憾的是全州的文化发展变化不大，特别是利用深厚的文化底蕴包装全州、宣传全州、推销全州的力度不大。全州人们要懂得珍惜全州文化，利用好全州文化，善于用文化的力量来推动经济社会的发展。

最后祝全州的明天更加美好！

漓湘文化区及漓湘文化研究

——在永州漓湘文化研究座谈会上的发言

刚刚听了永州的各位专家的发言，对永州的历史文化如数家珍，可以看出这些年来永州的专家对永州文化的研究做了很多工作，总的印象是务实、低调，接地气，有成果。

现在我用点时间把我们此行的目的和想法与永州的同志沟通一下。我主要想表达三层意思。

第一层意思就是湘漓文化（漓湘文化）区的概念是否成立？提出的意义和作用在哪里？

我们广西桂学研究会是2010年才成立的，比湘学研究会晚得多。广西桂学研究会成立之后，把广西分五个区域文化，第一个就是湘漓文化区，以湘江和漓江为主的区域文化。区域文化不要局限于现在的行政区，在古代这是一个文化区。另外还有西江文化区、红水河文化区、左右江文化区、北部湾文化区,总共五个大区。这五个区域文化我们都将进行逐个研究,首先研究的就是湘漓文化(漓湘文化)区。

那么漓湘文化区的概念是否成立呢?提出这样的概念有什么意义和作用呢?我有以下几点想法。

第一,党的十八大和最近的“两会”传递给我们的信息就是,以习近平同志为总书记的党中央领导全党全国人民,致力于实现中国梦。而要实现中国梦必须首先实现中华民族文化复兴之梦。没有中华民族文化的复兴,中国梦是很难实现的。所以现在中央采取了一系列加强文化发展建设文化强国的重大决策和重要措施,包括提出新丝绸之路的概念,在国外建立孔子学院,开展国学研究与国学的宣传教育等,都在致力于恢复中华民族传统文化。湘南桂北是中国传统文化的重要发源地之一。湘漓文化是中华民族优秀文化的重要组成部分。我们提出湘漓文化区和漓湘文化研究,就是具体贯彻落实中央关于大力弘扬中华民族优秀传统文化最重要、最实际的举措。

第二,当今时代,经济和文化已经成为一个国家一个地区发达腾飞的重要支撑,“车之两轮,鸟之两翼”缺一不可。只有经济文化同时发展,一个国家一个地区才有腾飞的希望。我在广西很多场合讲到,上个世纪西方国家把地球带进了科技发达、经济发达的世界。但西方不可能靠经济、军事把人类带进一个和谐的世界国家。英国历史学家汤因比预言,未来人类社会不是武力和军事，不是民主、选举，不是西方的霸权，而是文化引领世界，这个文化就是博大精深的中华文明。所以我们今天提出并深入研究中华民族传统文化重要组成部分的漓湘文化有十分重要的意义。

第三，历史上，湘桂都有传统的文化交流，属于一个文化区域，有几个方面把湘南、桂北两地在文化层面连在一起：其一，湘南桂北两地是史前文化的发源地之一，历史记载和考古中有很多史料可以证明。其二，舜帝是中国上古五个帝王之一，不论此人真实与否，他毕竟存在于中国历史文化之中，这是谁都否定不了的。史料记载，舜帝死于苍梧，葬于九嶷山。所以舜帝这个史学把我们湘桂两地联系了起来。其三，灵渠的修建把湘江和漓江沟通了，南北文化在这里交织，我曾说，灵渠的修建是湘漓文化的"受精期"。郭沫若先生说过："北有长城，南有灵渠。"我写过一篇文章《灵渠的文化作用》，在读解郭老先生这句话时认为，长城文化是一种抵御文化或者叫防御文化，抗击和防御匈奴军事、文化入侵，而灵渠文化是开拓文化。因为灵渠的修通，开发了岭南，同时向西部开拓，向海外开拓，灵渠不仅仅是水利工程，更重要的是战略工程。这是湘桂两地人值得骄傲的东西，非常有研究价值。其四，古代的郡县制，零陵是一个郡，管辖包括永州和桂北这一带，据考证郡址在全州，所以历史上就是一个行政区，是湘南桂北经济、政治、文化中心。后来尽管行政区划变迁，但文化是割裂不开，至今湘南桂北两地语言相通，习俗相近，人的性格相似，就足以证明。其五，柳宗元作为代表历史人物，他留下了很多事迹与著作。他在永州十年，在柳州四年，大量作品和政绩都留在这两个地方。因此柳宗元文化把湘桂地区紧密地联系在一起，柳宗元文化研究重任无疑落到我们肩上。

第四，构建潇湘文化区和开展对潇湘文化的研究的目的，是想通过整合潇湘文化推进湘桂经济走廊的建立。潇湘文化区的柳州、兴安、全州、永州经济目前是分离的，是散装的，它们不靠海、不靠边、不靠大河流，多年来被边缘化了。我们想通过构建文化区，实现文化一体化，通过文化一体化，推进经济一体化，形成湘桂走廊经济区。现在湘桂两省区正加强经济上的合作。在这个节点上，如果桂林、永州两市高层达成共识，共同打包捆绑起来，申报构建湘桂走廊经济区，然后共同向中央和国务院要政策和财政上给予扶持，将有利于加快这个属于边缘地带的经济发展。

第五，湘南桂北有很深厚的文化底蕴，但由于人力、财力不足，过去虽然做了不少研究工作，但与整个文化发展形势相距甚远。通过构建潇湘文化区，把两省区各种资源整合起来，开展研究，情况就大不同了。比如对零陵古郡、永州古村、靖江王府的研究。光靠一个地方是不行的，同时分开两地研究，会出现重复研究的现象，对人、财、物是一种浪费。必须联合起来，整合人、财、物资源，形成一种合力，才能把这块区域文化研究深、开发透、利用好。

基于这些想法，我们桂学研究会提出漓湘文化区及其研究的设想。刚才永州几个专家也基本认同，可见我们不谋而合。

第二层意思就是关于湘漓文化区的概念及其基本特征。

最近我思考了一下，也和有关专家作了探讨，把漓湘文化作了这样的概述，提出来供大家讨论。所谓湘漓(漓湘文化)文化，是指以湘江、漓江流域为主流，以湘桂走廊为大致范围，经过历史长河的交替、交流和交融，形成了一种具有中原文化特色或者特征，融山地文化与水域文化、汉文化与少数民族文化、自然生态文化与历史人文文化、本土文化与外来文化为一体的文化形态。

湘漓文化(漓湘文化)具有什么特征呢？第一，湘漓文化具有很强的地域性。它一定是在湘漓两江流域和湘桂走廊这个范围内，它不能牵强附会到广东。第二，具有很明显的包容性。外来文化和本土文化、南北文化、汉文化与少数民族文化等多种文化在这里交流、交织和交融，体现了这个区域文化的包容性。第三，具有很强的多样性。因为它的包容性，所以它展示出来的是丰富多彩的，如湖南花鼓戏，桂北的彩调、渔鼓，湖南、桂北民歌等，表现形式和腔调多种多样。第四，具有明显的同根性(同源性)。一方水土养一方人，一方人造就一方文化。湘漓两江流域各地的语言相通，同属一种汉族语系，很多生活习俗、饮食习惯都基本相似，可见文化是同源的。第五，具有明显的原创性。湘南桂北有很多原创的文化，湘南桂北山歌、桂剧、渔鼓以及一些民间故事、歇后语等，其他地方没有，可在这一带广为流传，可见原创在这里。

第三层意思就是提出关于湘漓文化（漓湘文化）研究需要解决的几个问题。

近年，我们广西桂学研究会将把漓湘文化作为重点课题研究。为了便于湘桂两省区合作，因此建议：

首先，两省区学者要对湘漓文化的定位达成一个共识。求大同，存小异。在达成共识基础上，分别在一些报刊杂志上发表文章阐述我们的共识，争取得到全国理论界、文化界的理论和舆论支持。

其次，要树立一个“湘漓文化共同体”的概念和一盘棋的思想，避免重复研究，重复建设。要统一研究方向、统筹研究内容、统一组织研究力量，有计划有步骤地进行研究。做到资源共享、成果共享、利益共享。

再次，要建立一种研究的机制。建议每年开展一两次交流活动或研究活动，今年我们将在桂林召开首次湘漓文化（漓湘文化）研讨会，规模大概四五十人，希望永州的同志都来参加，在会上我们再研究一些相关的问题。总之，我们要寻找一些可行有效的研究方法、研究途径，建立一种有利于研究的机制，确保这项工作能健康、顺利开展下去。

然后，当前需要合作研究的课题可以同步进行。比如对柳宗元的研究。当前要抓紧出版柳宗元研究文集卷,成套成卷。所有柳宗元遗留文稿的收集整理,对柳侯公园的重新装修、布局要做系统研究,可以召开小型的座谈会。另外,对灵渠文化、瑶文化的研究都可以一起搞,分工负责,分头行动,最后统一汇总,形成成果。

最后,以后有关湘漓文化(漓湘文化)的研究,广西桂学研究会都可以在经费上给予支持。比如研究成果的出版问题,经费上广西负责,两地版权共有。总而言之,两省区研究力量联合起来,众人拾柴火焰高,漓湘文化的研究一定能结出丰硕的成果。

今天我就讲那么多,谢谢。

第三辑　乐做嫁衣

忠元先生画展前言

庚寅金秋，绿城锦绣；
鲜花绽放，美不胜收。
文艺繁荣，盛事多酬；
忠元先生，三竹斋茂。
年过八旬，从艺自幼；
勤学苦练，六十六秋。
举办画展，专程邕州；
二百八幅，品质上流。
怜情跃纸，笔下景尤；
色润墨朗，绿竹节抽。
格调清脆，纯朴悠悠；
书法淡雅，笔畅形秀。
领袖肖像，堪称高手；
中外闻名，多有藏收。

退出政坛，笔耕不休；
潜心艺术，埋头探求。
九朽一罢，创新为首；
随遇而安，心素不浮。
先生风范，言传身授；
中华文化，历史悠久。
文明长河，百舸争流；
书画艺术，博大深幽。
继承传统，弘扬优秀；
文化复兴，光耀千秋！

百步之内有芳草

——江天散文集序

曾经听说过防城港市文联主席江天散文写得很不错。之后便特别关注，不时在报刊、杂志上读到他的文章，果然名不虚传。百步之内，必有芳草。读了江天的散文，给人一种清晰、明快、质朴、真实的感受，犹如一股高雅清爽的山风拂来，令人陶醉。

甲午马年春节过后，江天从防城港专程来到南宁，将他的散文集《安逸观澜》书稿送到我的手上，说他们几位朋友凑了些钱出版一套文集，这是其中一本，希望能为他的集子写个序。由于先前对他散文的兴趣与欣赏，我不作任何推辞便欣然同意了。

我与文学艺术有着不解之缘，在文艺圈有诸多朋友。所以大家出版的书，常喜欢叫我作序，也乐意把著作送我一本，请我"雅正雅正"。这当中，就有江天早些年出版的一本格律诗集

《山岚海韵》。当然，我也很愿意把我的书送给文友们阅读。我始终认为，文友间彼此切磋交流，是大有裨益的。

通过阅读江天同志的作品和后来的工作交往，我对他的为人、才气和资力有了更多的了解。他在上世纪80年代初如愿以偿地考取了广西民族学院汉语言文学专业。大学期间，江天如鱼得水，在饱读诗书的同时，也尝试文学创作，各种文学体裁都有所涉猎。但他对古典诗词似乎更加钟爱一些，以至于参加工作后，仍然孜孜不倦地在格律诗的园地里辛勤耕耘，并出版了个人的格律诗集。他任防城港市文联党组书记、主席之后，更是以身作则，身体力行，带头进行文艺创作。以他三十多年文艺创作的经验与丰厚的文化积淀，创作了很多佳作名篇。从《安逸观澜》中的许多文章中，不难看出，他是一位已有相当时期写作经验的作家，能写出如此这般的佳文，想必认真下过工夫。艰苦耕耘之后得到的收获，令我钦佩。

这本散文集精心挑选了七十多篇文章，收录的作品基本上都是江天近年来创作的。

这些文章是作者将一些平凡的事、平凡的人、平凡的经历，随时随地发生的故事记录下来，再经过艺术的思考、构思、描写而成的作品。但通过对这些平凡事、平凡人的内心深刻的描写，作者表露出一些新的思想，新的理念，新的境界，给人们很多深思与正能量，这是江天散文的绝妙之处，难能可贵。

这本书中的作品，题材比较丰富。内容方面，不少篇章是作者生活经历的真实写照，如《我的高考》《奢侈是吃红薯饭》《接兵琐记》《过年》《在哈萨克族老乡家里做客》等等，不一而足。江天写自己的生活经历，写得很真很实，完全是厚积薄发，不事雕琢。不妨一起来欣赏一段：

上个世纪七十年代初，县上经常派电影队下乡巡回放电影，多是样板戏和《地道战》《地雷战》之类，票价就五分钱，也不便宜了，当时劳日值也就一毛钱，干一天农活够看两场电影。每当看到电影海报，我们就高兴地赶回家，告诉母亲：今晚又有电影了！母亲听后总是面露难色地迟疑了半天，才无奈地说：那今晚就煮红薯饭吧。其实我们心里都明白，母亲还有一层为难没有点破，那就是：电影票也得花钱买啊！

每当得到母亲的恩准，我们就忙乎起来了。挑水的挑水，切红薯的切红薯，烧火的烧火，喜形于色，好像要过年似的，而且我们几兄弟都心照不宣地多煮一些红薯饭，以便看电影回来后有夜宵吃。为此，只能多切些红薯块，因为大米是母亲事先量好放在灶房里，然后把放米缸的那间房子锁好才下地干活的，我们不可能在大米上做什么手脚。而红薯就堆放在屋角，有灵活的余地。由于故意多煮，剩饭是必然的。母亲只是看在眼里，从不说什么，默默地把剩饭小心翼翼地装入大碗，然后放到竹篮里，高高地挂起来。电影一般是晚上8点开始放映，先放个纪录片，无非是学大庆学大寨如何热火朝天之类，然后放正片，总共约为两个小时，10点钟就散场了。电影一散场，电影里说什么倒不重要了，重要的是还有一碗红薯饭。想到红薯饭，脚步轻快多了，两只腮帮一酸，口水就溢满了牙床。

上个世纪六七十年代出生于农村的孩子，相信很多人都有江天这样的经历，所以读着这些文字，一定会感同身受的。

再来看一段：

过年吃鸡肉无疑是幸福的象征。如果赶上好年景，顺水顺风地养上两头肥猪，那就是锦上添花，称得上是过大年了。当时执行“购一留一”的生猪政策，也就是养两头猪的话，卖给国家一头，另一头办妥有关手续后自主宰杀。如果赶上这等好事，就让全村人刮目相看了。有一年，我家就赶上了这等好事。春节前三天，我家就把好消息通过赶圩的熟人转告给亲戚，说某日杀猪，带上小孩过来吃“猪肠”！在我们那里，吃“猪肠”已经是吃“全猪”的意思了，只是这样表述显得客气些。另外还有一层原因，猪肉要卖钱，猪杂则留着自己消费，所以吃“猪肠”一说也是实事求是的。杀猪的前晚，大家的情绪就开始高涨。一边喝着稀饭，一边谋划着杀猪事宜，好像面临一场战争。最后约定，鸡啼三遍就起身烧水，那把长长的明晃晃的杀猪刀大哥在天黑以前就磨得很锋利了。我也主动地爬起来为大人们举火照明。想起那喷香的、叫人垂涎的“猪血肠”惹得我一夜都没睡好。所谓“猪血肠”，就是把猪粉肠洗净，扎紧一头，然后把配好佐料的猪血灌注进去，再把另一头扎紧，煮熟便是。

亲戚们来了。亲情与肉香交织在一起。每一张脸上都写满了笑意。父亲坐在那里,大盅喝酒,大块吃肉,笑谈风生。母亲则举着筷子招呼着各位吃肉,还不时给长辈和亲戚们夹肉,也给父亲和我们几兄弟各夹了一块!平时熬粥,多放一把米也被母亲数落,而母亲今天给我们夹肉了!那时我年幼无知,接过母亲夹来的肥肉马上送进嘴里了,而大哥则立刻夹一块半肥半瘦的猪肉送到母亲的碗里。现在想来,母亲在那个时刻该是多么幸福啊!

——《过年》

这是一种辛酸的记忆,写的是热闹无比的过年情景,读来却让人有些悲伤。在极左年代,食品稀缺,连"猪血肠"都叫人垂涎,这在今天基本上都过着好日子的年轻人看来,简直是不可思议的事情。然而在当时却是半点不假,毫无夸张。都说文字作品需要在生活素材中提炼升华之后才形成精品,我看江天根本就是信手拈来,无须加工,只是把永远无法忘怀的生活场景再现成为美文了。

江天大学读的是中文系汉语言文学专业,因此对文艺创作理论熟知于腹,对于散文创作的随意性、自由性、抒情性,都不陌生。我也常写些散文,深知文无定法的道理。一篇散文,只要写出自己的真情实感,写出自己的人生感悟,写出自己的所见所闻,写出自己的所思所想,并赋予一定的思想内涵,就是好文章。也正因为散文的随意性,才更难写好。江天的散文,不仅清纯透明、文字优美、情感丰富、见解独到，让人一读就感觉到一种随意中的睿智、轻松中的美感。无论是写人记事、描景状物，还是闲庭信步、走马观花；无论是走亲访友、政务劳碌，还是读书品文、人生感悟，江天的散文，都华丽而不唯美、清新而不造作、亲切而不矫情、平实而不庸俗，总有一种让人舒适、愉悦、回味的感觉。读江天的散文，我深深体味到一个作家必须使自己的作品给人们以自然的印象，真实的感受，这样才有说服力，而矫揉造作则适得其反。

当然，江天的作品也不是十全十美的，也有着一些不如意的地方，也许由于工作繁忙，时间紧张，也许是业余之作，所以有的篇章若精雕细刻，会写得更好一些。大家细心品读之后也会有所发现，每一本书的出版，都是探索新领域的开始，一本好书直接受自人生。我真心希望江天在今后人生的旅途中还会有更多、更精彩的发现与感悟，创作出更多精品佳作，为广西文坛添砖加瓦。

二〇一四年春于绿城南宁

《西江月韵》序

祖国岭南地区是一个令人神往的地方,古往今来,无数文人墨客写下了许多名篇佳作,赞美这块美丽神奇的土地,多彩绚丽的风光。而今,经过改革开放大潮的洗礼,岭南地区更是一个令人向往、给人无限遐想的地方。因为,她既是祖国对外开放的窗口,又是艺术创作的沃土。

汤植城同志是土生土长的广西梧州人,上世纪七十年代就读于广西师范大学中文系,后在广西大学商学院读研究生。植城同志从政多年,大多数时间搞党务和行政工作,但丝毫没有影响他对文学艺术的爱好。他能写诗作赋,还练就了一手好字,早年曾出版过《汤植城诗书选》。近几年来,他利用工作之余闲暇之中创作了几百首诗词,并用书法各体写了 150 多幅作品。平日他外出考察或旅游,都带着照相机,看到好的景观都把它定格在相机上,日积月累,拍下了好几百张照片。最近,他把诗书汇编成册,并配上许多照片,交广西人民出版社出版,取名《西江月韵》。通过工余寻趣、走向金秋、港城吟草、八桂行吟、神州览胜、外域风情、杂咏抒怀和酬答题跋八个小辑，尽情地讴歌美好家园，颂扬南国风光，抒发自己对生活、工作、人生的感悟。这是一本文图并茂，诗情画意，精彩纷呈的书籍，很值得一读。

纵观全书，植城先生的创作题旨，始终没有离开过南国风情、北部湾风光。他笔下的作品，无论是诗赋，还是书法或摄影作品，多是岭南的人与自然、人与历史、人与现实。他善于把丰富、繁杂的生活表象，提炼为具有现代文明色彩的符号，并诉诸笔墨形式、美丽的镜头，使作品显得精练而纯粹，清雅而唯美，让人在他的作品中想象、漫游，获得审美的满足。

阅读植城同志的作品，我深深感受到他对中国文化传统的执著追求。他写了不少旧体诗词，但又充满着现实的色彩，古为今用。他的书法别具一格，细细看去，字体上的墨迹，浓淡有致，干湿互动，气韵生动，布局严谨协调，章法到位。经过长时期的摸索探寻，他创造了自己的基本风格，难能可贵，值得钦佩！风格就是人品，一个作者是否可贵及被需要，衡量的唯一标准是他有没有向人们表露他的灵魂，他的追求，他内在的激动。

能够激动读者心灵的文学艺术作品，不外乎两个方面，一是作者的所思所想，引起读者的共鸣，或引起读者的思索，能够有所启迪，有所教益；一是作者构思的意境之美与文体之美，使读者的心灵激扬,感到其乐无穷,美不胜收。植城先生的诗赋及书法作品令人振奋、深思、醒悟和感慨,他的作品有饱满的政治热情和深厚的生活气息,题材各种各样,但内容完全不同,文采也千姿百态。语言生动简洁,用词讲究,韵律优美,这些只要细读你都会品味得到。

作为一个老同志,植城同志能在退休之后,以超常的毅力和不懈追求的精神,笔耕不辍,这是快乐的、幸福的。他的诗词与书法作品都凝聚着创作的心血和汗水,亦是给广西文坛艺苑留下一笔宝贵的财富。我们常说,要活到老,学到老,写到老,这是生命与艺术的信条。希望大家向植城同志学习,职退业不退,人老志不衰,让我们共同努力,为圆中国梦,为中华民族的伟大复兴努力奋斗!

是为序。

《北部湾美术作品展》序

北部湾位于中国南海西北部，是我国沿海与东盟国家进行陆上交往的枢纽，是促进中国与东盟全面合作的重要桥梁和基地，区位优势，战略地位突出，发展潜力巨大。2006 年元月 16 日，北部湾经济区开放开发正式纳入国家发展战略。广西经济发展遇到了千载难逢的历史先机！

北京的春风让北部湾掀起开放的热浪，南国的春雷让北部湾展开腾飞的翅膀，海上丝路联结五洲四海，嘹亮的号角唤起千年梦想。风生水起北部湾，掀起了一个个经济建设的热浪。这里山青海蓝，风和滩静，风光优美，环境独特，资源丰富；这里历史悠久，文化丰厚，民族风情多姿多彩。世界级的自然山水风光、珍稀可贵的文化资源为北部湾文化建设释放出巨大的效能！如诗如画的北部湾以迷人的风采，展现在南国的土地上！

为全面地宣传北部湾大开放大开发热火朝天的建设场景，介绍北部湾美丽的风光优势、独特的地域文化，彰显人们美好生活和昂扬的精神风貌，广西摄影家协会组织广大摄影爱好者深入北部湾，用镜头记录下很多精彩、感人的画面，充分发扬摄影艺术承载美、记录美、创造美、传递美的艺术特点和优势，多视角、多层面、多形式地为人们展示了一幅幅北部湾壮丽图画，记载着北部湾经济区开放开发的历史进程。

综观这些北部湾摄影艺术作品，无一不是难得的艺术精品。这批摄影作品内容丰富，主题鲜明，构图新颖，技艺精湛，制作精美。所有作品都显现出一种纯真本色的艺术形态。无论摄影、拍物还是记事、照人，也无论是小巧景致，还是恢宏场景，都自然灵动，浑然天成，美不胜收，充分体现了摄影艺术家们歌吟者、赞美者的不倦情怀。我们为摄影艺术家们艰辛创作取得如此丰硕的成果表示真诚的祝贺！

艺术是大自然创造的，但艺术本身是艺术家把视线投注在无限之物上，用心灵创作出来的。摄影包括它所有的技巧、难度以及特殊的目的，都是高尚且富于表现的语言，作为思想的媒介手段非常宝贵。通过摄影艺术来反映、表现、传达一个区域经济、文化、社会发展的生动场景和人们高扬的精神风貌，表达人们热爱生活的质朴情怀，是一种极好的艺术形式。真挚欢迎广大文艺工作者开拓你的胸襟，迈开你的步伐，走进北部湾，熟悉一切、感受一切、体现一切，积极投身到北部湾开发建设热潮中去，为把广西建设成为带动支撑西部大开发战略高地和中国沿海发展的新一极贡献力量！

是为序。

《岁月留痕　人生如歌》序

《岁月留痕　人生如歌》是一本很难得的好书，它让我感到惊讶。它记录了阳凤鸣老人的体育人生。从这本书中我们能读到如此朴实而真实，沉静而丰饶的一位钟情于体育的青年的追求与他步入老年后的生活。这个事迹本身就具有吸引力和亲和力。况且这是一本纪实文学作品，通过作者的生动描写，很多故事能触动读者深厚的敬老情怀。书中虽然信息量不是很大，但彰显了一种人生的正能量，可以满足不同层次的读者的需要。

阳凤鸣先生是一个土生土长的桂林人，从小便与篮球结下了不解之缘，篮球伴随他走过了艰苦而漫长的人生之旅。他 60 年如一日地活跃在中国篮球场上。无论是战火纷飞的年代，还是新中国成立之后和平建设的激情岁月，他都全身心地投入到全民体育事业上，特别是发展篮球运动上。他一辈子就没有离开过体育馆和篮球场。他对篮球运动的执著追求和潜心研究，在中国篮球界被传为美谈。1996年国家体委特别授予阳凤鸣“新中国体育开拓者的”荣誉称号。

读了这本册子，我很感慨，最起码我们可以获得丰富的篮球运动的知识。假如你是一个篮球运动的爱好者，从这本书中你可以了解到中国举办体育运动会的历史以及广西篮球发展的历程，其中还有许多鲜为人知的故事，感人至深的赛事情结；可以知道许多关于篮球运动的知识和技巧，比如如何打球，如何打好球，如何打胜球等等，许多生动的例子、精彩的赛事都有详尽的反映与记录。我更大的感受是阳凤鸣先生步入老年之后，壮志不已，发挥余热，关心、关怀、关注篮球事业的发展，培养年轻的篮球运动员，已至90岁高龄依然惦记着广西篮球运动，观看每一场篮球赛事的电视实况转播。正如他看完全国城市老年篮球赛后写道：“花甲体坛友谊稠，十年征战见风流，古稀神采犹依旧，不老雄心竞上游。”这反映了凤鸣老先生为体育事业发展不懈奋斗的精神境界！

人的生活中，最能吸引人的力量，最能激发人的经久不懈的热情的，是事业。阳凤鸣先生的体育人生为我们证实了这个哲理。他凡事都脚踏实地去做，不驰于空想，不骛于虚声，而惟以求真的态度和踏实的功夫从事自己钟爱的事业，难能可贵。我们每个同志都要有这种事业精神，以出世精神，做入世的事业！

人生不是一支短短的蜡烛，而是一支由我们暂时拿着的火炬，我们一定要把它燃烧得十分光明灿烂，然后交给下一代的人们。而真正的人生是属于生活的强者，属于那些乐于奉献，为理想、为人民的事业执著追求的人。阳凤鸣先生的人生是光明灿烂的。岁月留痕，人生如歌，是他体育人生的真实写照！

是为序。

《邓永隆新诗600首》序

邓永隆的名字在诗坛并不陌生，上世纪八九十年代，他和我们读者是常常见面的熟人。他的文学作品在广西乃至全国都有一定的影响。永隆同志是地道的广西壮族人，上世纪六十年代便涉足文学创作，出版过小说集、诗集、散文集。他的一首诗《高山渔歌》被选入中学课本做教材。他是中国作家协会会员，曾担任过南宁地区文联主席。在文学桂军中，永隆同志是一位颇有成就的壮族作家。

广西文坛我有很多朋友、文友、诗友，和永隆同志也私交较深。我两度到南宁地区工作，由于对文学情有独钟，特别关注文学创作事业，常与南宁地区的作家小聚，吟诗作文。当时他在文化局工作，后任文联主席，主编《灵水》杂志，每一期都送我阅读。该杂志在他的精心编辑下，很有地方特色，在区内外反映不错。我偶有闲暇也写些小品在《灵水》发表，只当消遣，都得到永隆同志的支持。他一有新作都会及时送我一读，我们成为文坛挚友。

永隆同志很勤奋，常常加班加点。他的创作路子很宽，各种文体都行，是文坛的多面手。不过我特别看好他的诗歌。在诗歌创作上，他有新的思维、新的构思、新的语言，特别是对少数民族题材进行了很多有益的挖掘，积极的探索与开拓。前些年，他到龄退休，仍坚持写了不少新诗，日积月累，加上早几年写的旧稿，竟有几百首之多。于是他精选出600首汇编成册，取名《邓永隆新诗600首》。那天，他给我写了封信，连同书稿托人送到我家。信中详细说明这本书编辑出版的目的，诗歌创作的立意和创新的思考，对各辑中的一些重要诗篇还作了解说和诠释。末了，他恳切地说："走了一辈子的路，但觉才走在路上，我的笔力难济我的思想，还好有领导、教师提携指点，虽然夕阳西下，但我依然背负心中未了的期许，步步向前，能走多远就走多远。我多么希望您能在工作百忙之中，抽空为这本书写个序……"我看完信很受感动！

综观这部诗集，充分表现了永隆同志对事业、对生活、对人生那份热烈的情绪、情怀和情感。只要细读其中一首诗、一个辑子，都会自然地找到这种感觉。在诗歌创作技巧上，他做了一些探索和创新。集中有两辑《初恋的花岭》《背新娘》是运用壮族歌体"转龙欢""勒脚歌"形式的自由诗体创作的。走进了传统，也走出了传统，风格依然清新、柔美，旧形式新内容，读起来回味无穷。在创作内容取材上，他紧紧抓住山区和民族的特点，集中篇幅，集聚情感，连篇创作，给人一种诗潮澎湃、大雨倾盆的感觉。红水河沿岸奇石林立,奇石文化在区内外很有影响,为此他一口气写了三十多首诗歌颂石头,成为诗苑的奇葩。其他的一些题材,都是批量创作的,很有震撼力和感染力。我们这个时代,是一个改革创新的时代,各个领域都在倡导自主创新,文学更是如此,永隆同志的"旧瓶装新酒"的创作新形式和对题材连篇批量的创作模式,是一种有益的探索!

一个诗人,如果不热爱自己家乡,不为故土而讴歌,在他的诗作中没有对故土、对民族人物风情的记录,歌其所歌,颂其所颂,乐其所乐,喜其所喜,没有乡情乡愁的漫溢缭绕,那么他的诗歌一定是苍白无力的,也是不值得读者赞扬的。永隆同志的诗是一种乡情乡愁的倾诉,清澈、悦耳、亲切、动人。诗歌不仅需要激情,而且需要饱含哲理,才能使人回味无穷,永远流传。永隆同志的诗富有哲理,当人们狂热地欢呼时,他却格外冷静,不随风转,不跟着感觉走。他写了许多短诗,给人以启迪。《心之初·彩虹》:"太渺小的一滴,太不寻常的汇聚,太会创造的一刻,太让人都抬头仰望的美丽。"能做到这样,诗人已经到了很高的境界,这些都值得年轻的诗人学习!

勇敢前进才能达到成功的道路,除非经过真正的尝试,否则万不要把一切东西当作是你前进路上的障碍物。永隆同志在文学创作道路上艰辛跋涉,数十年如一日,即使退休了,依然马不停蹄,背负心中未了的期许,且颇有成就。一个人只要有勇气,有锲而不舍的精神,人生就会变得更加美好幸福!

是为序!

《金盾下的思索》序

“金色盾牌热血铸就，危难之处显身手，为了母亲的微笑，为了大地的丰收，峥嵘岁月，何惧风流。”这是上世纪八十年代风靡全国的那一首《少年壮志不言愁》中几句铿锵有力的歌词。这首歌颂公安战线干警精神风貌、思想情感的歌曲，鼓舞着新一代人民警察为保卫祖国的安宁和人民生命财产安全而勇敢奋斗！

在广西公安政法战线，我有很多朋友，都是些钢铁硬汉子，几十年如一日，奋战在公安政法战线上，为社会主义建设事业保驾护航。每次聚会，听着他们讲述那些惊险、生动、智慧侦破各种案件的故事，我都从心底里升起钦佩和崇敬的心情。在这些警察朋友中，我与林爵枢同志交往甚密，可称知己。几十年的交往，无论我的工作职务如何变化，我们的友情“涛声依旧”。我和爵枢同志是在上世纪八十年代初认识的。那时我在南宁地区当副书记、副专员，分管公安和边防工作，他在宾阳县任公安局长。第一次见面是在研究分析黎塘铁路段一个爆炸案件会上，当时对案件的分析众说纷纭，各抒己见，爵枢同志的发言有条有理，有根有据，思路清晰，可靠可信，引起我的关注。之后几次交谈，我们一见如故，话很投机，从此成了好朋友。上世纪九十年代初，我第二次调回南宁地区当书记时，他调到地区公安处任副处长，后任局长。因为工作关系，我们经常在一起商量工作，时不时还小聚聊天。爵枢同志兄弟姐妹七个，在他的影响下一家三男四女都很有出息。其中有两个厅级干部三个处级干部，人称“林家五杰”，第二代中有博士、硕士三四位。一个家族中有这样一个知识分子、国家公务员群体，在广西是不多见的。

爵枢同志在上世纪七十年代初便加入警察队伍，从警四十多年，从最基层的民警做起，历任科长、局长、处长、支队政委、自治区警官学校党委书记，退休前在自治区公安厅任副巡视员，累立战功，多次受到嘉奖。在广西公安战线，算是个破案高手，有功之臣，资深警官，有较高的威望。在长期的公安警务实践中，他善于总结积累经验，善于理论思考，并著以文字。他在报刊上发表了许多关于公安警务事务，思想政治工作，队伍建设等方面的理论文章，受到区内外公安战线专家、学者们的好评。他退下来之后，依然勤于思考，笔耕不辍。近年他把各类文章收集整理汇编成集，准备交出版社出版。那天，他把出书的事告诉我，希望我给这个集子起个书名、写篇序。老朋友之托，当然不会推辞。起什么书名呢？我想了很久，想起《少年壮志不言愁》中的歌词，便当即建议用《金盾下的思索》，他很满意！

该书是爵枢同志所著论文的汇编，很多作品已在报刊上发表过。全书共分公安理论研究、警务实践探索、思想政治研究、个人述职报告等四个篇章近三十万字。细读这些文章，有这么几个突出的特点：

一是理论性强，全书前三篇章都是些理论性文章，作者精通警务工作，并把实际工作的一些感悟和体会，升华成理论的认识，把严肃的事件、平常的工作，通过理论的思考，理性的总结，使事件更加清晰，判断更加准确，更富于代表性。一个警务人员如果没有长期的警务实践经验，没有高深的理论素养，是难以做到这样的。

二是有探索精神，作者把自己平常的警务工作当作一门学问来研究，因此，每当完成一项工作，办完一个案件都进行理性的思考，从中寻找真理，摸清楚规律，总结出经验，形成自己独到的见解和结论。这种勇于探索、勇于创新的精神难能可贵。

三是指导性强，该书不仅从全方位、多角度、多层次、多案例地总结警务工作的经验、方法，而且深入浅出，应用群众语言、真实事例和大量的资料，通俗易懂地说理、说事、说情。这对于年轻的警务人员很有启发、教育和指导作用，这本书可以作为警务工作参考书和警校实用教学材料。

四是主题鲜明,该书章节的安排,典型案例的选择,理论观点的阐述和逻辑的推理都十分准确鲜明,既有思想性、政治性,又富于浓厚的感情色彩,字里行间流露出作者对公安工作的热爱与对事业的执著追求,表现出一个老公安战士壮志不言愁的思想情怀!

热爱人生,追求理想,干一行,爱一行,精通一行,这在一个人的一生中,尤为重要。当你暮年之时,回首逝去的岁月,能够清楚地、有条理地说出自己一生中干好的几个件事,并能总结出一点道道来,给后人以启迪与教育,这是多么幸福啊! 爵枢同志积自己多年从警之经验,著书立说,出版这本集子,告诉我们忠实于自己钟爱的事业又何必自馁。

是为序。

《漫话桂林》序

桂林山水甲天下，
玉碧罗青意可参。
士气未饶军气振，
文场端似战场酣。
……

这是宋朝诗人王正功游览桂林山水之后写下的著名诗句，刻于桂林独秀峰下。千百年来，“桂林山水甲天下”的美誉成为桂林靓丽的名片，蜚声海内外。

桂林，位于广西东北部，是桂、湘、黔、粤交界区域的中心城市。典型的喀斯特地形地貌造就了以漓江为代表的鬼斧神工的桂林山水风光，具有山青、水秀、洞奇、石美的特点。整个城市“千峰环野立，一水抱城流”，“游山如读史，看山如观画”，景在城中，城在景中，城景交融，犹如仙境。“江作青罗带，山如碧玉簪”的漓江被誉为百里画廊，芦笛岩、七星岩、莲花洞、冠岩堪称“大自然的艺术宫殿”，象鼻山、伏波山、叠彩山、独秀峰风光旖旎、宛如仙境，更不用提星光灿烂的“两江四湖”、中西文化交汇的“阳朔西街”、华南第一高峰猫儿山、休闲度假乐园兴安乐满地，“丹霞云魂”资江八角寨国家森林公园、“亚洲第一洞”荔浦丰鱼岩、天下一绝龙脊梯田、“植物宝库”龙坪自然保护区、中国首台山水实景演出《印象·刘三姐》……桂林美景数不胜数，美不胜收，绚丽多姿的自然景观，每天都吸引了成千上万的中外游客慕名到这里观光游览，被世界旅游组织向全球首推为最佳旅游目的地城市。

桂林有悠久的历史和灿烂的文化，是国家级历史文化名城。公元前 214 年秦始皇统一岭南后，就设置了“桂林、象、南海”三郡，并在兴安县境内开凿了沟通湘漓水系的灵渠，使桂林成为“南通海域，北达中原”的历史重镇。桂林历代为县、郡、州、府治所，宋代以后，成为广西的政治、经济、文化中心。桂林历代人才辈出，明代画坛宗师石涛，清代名臣陈宏谋，近现代知名人物李宗仁、白崇禧、马君武、梁漱溟等都是桂林人士。抗战时期，桂林一度成为著名的抗战文化城，当时中国一大批著名文化人云集这里，开展抗战宣传活动，周恩来、朱德、陈毅等老一辈无产阶级革命家都曾驻足桂林。历代文人墨客赞美桂林的诗赋和佛教造像遍布山壁岩洞，其中的“桂海碑林”和“西山摩崖石刻”最为著名。桂林全境文物古迹比比皆是，深厚的文化底蕴成为桂林旅游一道靓丽的人文景观。

得天独厚的旅游资源优势构筑了经久不衰的桂林旅游业。桂林市历届领导班子都十分重视抓旅游业的发展，始终把旅游业作为重要的支柱产业抓紧抓好，全市旅游业呈现出一派蓬勃发展的景象。桂林旅游业的发展带动了广西旅游业的迅猛发展，特别是改革开放30多年来，桂林人勇于探索，大胆创新，对市场开放、产品开发、营销招徕、公共服务、旅游扶贫、文化创意、区域合作等方面进行了确有成效的实践与探索，积累了丰富的经验，创造了独具特色的发展模式，被视为中国旅游业的“晴雨表”和“风向标”。

新时期，旅游业发展面临着很多新情况、新环境、新问题。桂林市各级领导班子面对新的形势，制定和实施“旅游兴市”的发展战略，打造现代化国际旅游名城，提出以围绕旅游产业转型升级为核心，坚持旅游与文化结合、旅游与商贸结合、旅游与工农业结合，努力实现旅游产业发展由单一观光型向多元复合型转变、由粗放型向集约型转变、由规模型向规模质量效益并重型转变、由满足游客基本需求向满足多层次需求转变、由旅游目的地向旅游目的地和旅游集散地城市转变的目标任务，着力提升壮大旅游业的发展思路。当前，全市上下正认真贯彻落实国务院关于“建设桂林国家旅游综合改革试验区”的战略决策，努力开创桂林旅游事业的新局面。一个集山水观光、休闲度假、历史文化、会展商务、学习培训、艺术交流、康体保健、运动体验、红色旅游、民俗风情、城市旅游、专项旅游、旅游主题城镇等多元旅游的体系正逐步形成，桂林满怀信心向国际一流的旅游名胜地迈进！

为全面、立体、形象地推介桂林的旅游资源，宣传旅游发展思路，展示旅游业的改革成果，展望桂林旅游发展前景，由市人大旅游委员会认真组织力量，深入调查研究，广泛收集资料，精心选择编辑，编撰出版了这本精美的《桂林旅游》。这本册子堪称桂林旅游大全，是桂林旅游的导游图、资料库、参考书！它有很强的可读性、实用性、收藏性，是一张宣传推介桂林旅游的大名片！该书以图文并茂的形式，全方位、多层面、多视角地介绍大桂林旅游的山水自然、人文历史、主题乐园、休闲度假、文化演艺、探险漂流、美食购物、娱乐节庆以及公共服务等方面的知识，并提供相关咨询。全书结构新颖，立意高远，内容丰富，信息量大，资料翔实，解说精确，文笔精彩，图片精美，装帧精湛，全景式地为你展示了一个山水桂林、文化桂林、生态桂林、活力桂林美丽动人的形象。读了这本书，你一定会更加关心、关注、关爱多姿多彩的桂林。心灵与山水同美的桂林人，正敞开博大的情怀，热忱欢迎华夏儿女、四海宾客的到来！

是为序。

《古稀心曲》序

“唱歌先，工夫不做丢一边，工夫不做千年在，风流没有几多年！”这是一首流传很广的仫佬族的山歌，每当这婉转悦耳的山歌声鼓入耳膜，一种特殊的情感便充溢我的心间。即使是旅途倦乏、工作疲累，或情绪烦躁、心境郁悒，也会顿觉舒松开朗，心旷神怡，物我皆忘。我为仫佬族自豪，为仫佬山歌骄傲！

仫佬族是一个能歌善舞的民族，在仫佬山乡无处没有歌，无事不唱歌，无人不会歌！山歌是仫佬人生活、生命的必须。人们用山歌赞美生活，传递感情，颂扬真善美，鞭挞假丑恶。仫佬族山歌，曲调也很优美，有云一般的缠绵，水一样的甜柔，泥土一样的纯朴。我从小就是在这样的歌声中成长。过去在我们仫佬山乡，不会唱歌的姑娘，会被别人瞧不起，甚至难嫁出去。

我的母亲是方圆十里八寨小有名气的山歌手，只要有她参加的对歌，没有不赢的。我有兄弟姐妹七个，几乎每人都承传了母亲唱山歌的基因，特别是大姐荣枝、二姐荣莲，她们从小就跟着母亲学唱歌，在歌声的熏陶下长大成人。大姐从来没上过学，只在文化夜校里认识了一些字，但她人很聪明，对山歌很有悟性，能编会唱，可惜不会写字记下来，纵使满腹的山歌，只藏在肚子里。前些年还在村里组织了个老年文艺队，到柳州等地演出，其中她自编自导了好几个节目。二姐从小爱好文学，喜欢写些山歌、诗词和散文。她读中专毕业后当老师，后因成家调到融水县工作，便很少回仫佬山乡。直到退休以后，回家乡的时间多了，她常回来参加村里的文艺活动，为她们编些山歌。她退休后的生活很充实。

屈指算来，我离开家乡三十多年了，风风雨雨染白了两鬓。然而，我却更加思念家乡，思念故乡那婉转甜柔的仫佬山歌。去年清明，我回家扫墓。一踏上故乡的土地，便听到一阵阵悦耳的歌声，有如空谷传音，扣人心弦，这旋律、这风韵，我太熟悉了，这不就是久违的仫佬山歌么？清明那天晚上，我们一家人打着火炉围坐在一个大圆桌上吃饭，酒过三巡，大姐二姐很认真地问我，她们这些年编了很多山歌，大家都鼓励她们出版一本土香土色的山歌集子，传承给年轻人，行不行？我当即回答，行啊！现在就需要这种原生态的山歌，原汁原味！姐姐们听了高兴极了，说："我们会很快整理出来，交给你！你可好好为我们把把关！"我满口答应！

那天，二姐专程到南宁，把一叠厚厚的稿子交给我，并说，这是她们十几年的心血。大姐编的部分，由于她认字不多，有些字音是用别字代替的，已经过一番修正，但不一定押韵，为不改她的原意，依然保留了。她自己写的部分，有些律诗、自由体诗，多数是山歌。歌集共分 18 部分，内容涉及恩情、乡情、爱情、亲情、友情以及对生活、生命的感悟等方面，可谓丰富多彩，琳琅满目。大姐、二姐如今都已过古稀之年，因此集子取名《古稀心曲》。读完之后，我深深为姐姐们的民歌天赋和对山歌执著追求的精神所感动。尽管集子中有一些技巧上的不足，却不能影响集子中思想认识方面的慑人光芒，也无伤于作者显现的山歌才华。从整体上看，我有理由向读者说，作为普通农民和普通教师，能写出这样的歌集，实属惊人之作。

我很快把稿子交给广西民族出版社朱俊杰社长，朱社长很风趣地说："这是文化惠民，义不容辞，一定把这书出好！"我当即代姐姐们感谢他！

故乡的歌啊！你留给我多少美好的回忆！故乡的亲人和你一样，纯洁、朴实、婉转、甜柔。仫佬山乡的歌，是仫佬人勤劳汗水的升华，是仫佬人聪明睿智的结晶。大姐、二姐的歌集，只是仫佬山乡歌海中的一滴，不过足以说明歌海的浩瀚！一个充满诗情画意的民族是充满希望的民族。这些充满了感性、智慧和敏感的心灵才具有的对生活透彻的理解。原汁原味的山歌，一定能流传后世。仫佬山乡的歌，一定会源远流长！

是为序！

《呐喊吧,抗战昭平》序

毛泽东同志说过:“一定的文化,是一定社会的政治和经济的反映,又给予伟大影响和作用于一定社会的政治和经济。”抗日战争时期,桂东北曾是中国大后方的文化中心之一。大批作家、艺术家,抗战时期颠沛流离,云集桂林,后一部分撤至昭平,以多种形式宣传抗日救亡,为抗日战争服务,留下了许多可歌可泣的事迹!

令人遗憾的是,解放后,关于昭平抗战文化的研究和宣传,没有引起应有的重视。有的同志关注到这个问题,也着力进行了一些研究,但由于没有足够的力量,又缺乏充足的历史资料,以致对这个时期的昭平的抗战文化,特别是一些重要的文化活动、文化成就写得比较简单,在中国现代史上占不到应有的篇幅。加之昭平县是普通县的建制,交通闭塞,她在抗日战争中的文化贡献几乎被人们所遗忘,其历史地位更无从谈起了。

三年前,马玉成、周派莲两位同志到区文联找我,谈及如何加大昭平抗战文化的宣传力度，并表示要合作写一部长篇纪实文学全面反映昭平抗战文化。我当即表示支持。我说，昭平虽然是一个县，但抗战时期很多著名的文化人从桂林撤离到昭平，开展了一系列抗日救亡的文化活动，创办了《广西日报》，积极筹建中国民主同盟东南支部、中国国民党民主促进会、昭平民众抗日自卫工作委员会，开辟了一个新的抗战宣传据点，当时在国内有很大影响，是可以大书特书的。如果能把当时的情况详尽地记述下来，功德无量，可以填补广西文化发展史乃至中国文化史上的空缺！

马玉成先生是广西一位资深作家，出版了好几部文学专著，同时多年来一直从事抗战文化的研究，曾出版过一部三卷长达 78 万字的《桂林抗战文化城纪实》，在文化艺术界有很大的影响。周派莲女士是一位热衷于文学艺术创作的领导干部，是昭平县政协副主席、县文联主席，写过不少散文、诗歌，也曾结集出版过专著，他们俩联手创作长篇昭平抗战文化纪实文学，我对他们有足够的信心。果然不出所料，马年春节过后，他们把纪实文学《呐喊吧，抗战昭平》书稿送给我，希望提些修改意见，并能写些文字，作为该书的序。我感动之余，答应了他们的要求。

《呐喊吧，抗战昭平》以篇章的结构，比较详细、生动、电影式地真实描述了抗日战争时期，昭平作为中国大后方一个文化据点，中国部分著名文化人在这里开展抗日救亡文化宣传的史实，从各种角度来描写与抗战有关的事件，记下了桂东北民众的抗战热情和高尚的爱国主义情怀，有的篇章仿佛是大后方抗日救亡宣传的速写，从另一个角度表现了中国人民必胜的信心……全书结构严谨，语言流畅，记述翔实生动，同时注入了很多地域文化的元素，读起来扣人心弦，有一种亲临其境的感觉。无论是写作技巧，还是语言表达；无论是对事件的记述，还是思想情感的刻画，都是很成功的，很值得一读。

我对这样一部纪实文学饶有兴趣的地方，是因为这是记述一段广西的抗战文化史，而且是几乎被人们遗忘的史实。这部长篇纪实文学和其他抗战文艺作品一样，是抗日战争中中国人民的一面镜子，也是一只文化的号角，但它所反映的现实，只有嫌少，不会失之夸张。它激励了人民，是那个伟大时期的实录，然而也还只是一个很小部分的实录，大可用作我们的桂学研究抗战文化的参考；而另一方面，可作为各大专院校开展抗战教育的教材，让我们的后人牢记这段历史，牢记日本军国主义在中国的罪行！

最后，多说几句。当下文坛真正有价值的传世之作不多，人们在焦灼的期待中偶尔见到一本，便哗然其乎。我想，在我们这样伟大的时代，不应以孩子们初能举步时那种惊喜的眼光去看待不时出现的好作品，毕竟不愧为伟大时代的作品太少了！因此希望我们的作家应当更刻苦地去体验生活，储备知识，更刻苦地去经历人生，写出更多更好的作品来。这是广大读者的期望。

是为序。

《公务员礼仪实用手册》序

禮,在汉字中是会意字,甲骨文中“豆”是一个高脚的盘子,即高脚盘中两串玉敬神,表示尊敬的语言和动作。礼的主要作用是规范人际关系,维护社会秩序。孔子说“内仁外礼”,礼与仁互为表里。重礼是中国“礼仪之邦”的重要传统道德,是做人的基德。为人处世必须“明礼”、“礼貌”、“礼让”,人与人之间应当彬彬有礼。礼,构建的是平等的人格,以礼相待,即待人接物讲究“礼节”、“礼仪”。

礼仪,是一个人、一个部门、一个地区、一个国家形象的重要因素,礼仪是一种外在的形象,更是内在气质的表现。礼仪不仅仅是形式的彬彬有礼,更重要的是表现在人的素质高,气质好,言行举止自然得体,庄重大方,文明高雅,展示内在的美和仪态的美。礼仪亦是一种文化,是人格魅力的重要因素,是构成良好人际关系的纽带。有哲人说:“礼仪的目的与作用本在使得本来的顽梗变柔顺,使人们的气质变温和,使他敬重别人，和别人合得来，礼仪经常可以代替最高贵的感情与最良好的形象。”

随着对外开放不断扩大，国际间的交往越来越频繁，礼仪成为对外交往中一种必不可少的形式和公民必须具备的基本文明素质。随着我国社会主义物质文明建设和社会主义精神文明建设取得的辉煌成就，广大人民群众的物质文化生活不断得到丰富和提高，现代礼仪已经成为人们协调人际关系、维护社会秩序的重要手段。弘扬和创新中华民族的传统礼仪是建设和谐社会不可或缺的重要内容。

国家公务员是国家意志的具体体现者和社会的管理者，肩负着为国家核心利益服务，为社会公共利益服务和为人民根本利益服务的神圣职责和历史重任。公务员在公务活动和社会交流中最经常、最广泛、最密切地联系着国家的利益和人民的利益，影响着国家与人民群众的血肉联系，影响着国家形象和民族尊严。公务员的这些特殊社会地位和职业特点，决定了他们在公务活动和社会交往中的仪态仪表，直接或间接地影响着国家的形象与民族的尊严。同时，随着全球经济一体化进程的不断发展，我国对外开放水平不断提高，涉外交往与日俱增，涉外礼仪越来越突显重要。因此，公务员应该认真学习和熟练掌握国内外的基本习俗和基本礼仪，以适应新形势对公务员提出的新的、更高的要求。

欧童汉同志长期在边境地区工作，熟悉东南亚各国的文化和礼仪，他退休之后，又潜心研究了国内外礼仪专家有关礼仪的理论著作和礼仪规范，结合我国行政机关的实际，精心编写了《公务员礼仪实用手册》一书。该书内容丰富，涉及面广，比较全面、系统地阐述了各种礼仪的基本规律、规范和规定。这是一本理论性、实践性和可操作性都很强的公务礼仪实务书籍，不愧为做人必读、做事必备的一本好书。我把这本书推荐给大家，希望我们共同努力，共同提高公务员队伍素质，树立好国家的形象，维护好民族的尊严。

是为序。

《放飞集》序

冰心说,“诗人从他的心中滴出快乐和忧愁的血,在不知不觉中开出世界上同情的花。”“诗歌是一团火,在人的灵魂里燃烧。这火燃烧着,发热发光,真正的诗人不由自主地、痛楚地燃烧起来,并且引燃别人的心灵。而这便是全部文字事业之所在。”这是俄国著名作家托尔斯泰的至理名言。

在八桂诗坛中,涌现过无数颇有成就的诗人,他们的诗作曾在不同时期产生过非同寻常的影响。其中一位是我的文友、笔友、战友刘沛盛。我早在上世纪八十年代就和沛盛认识,当年只是通过他的文章和诗作了解到他的情况。后来我到区党委宣传部工作,他任柳州市文化局局长,我们的直接交往便多了。每年的全区文化局长会议,他的发言总是语惊四座,看得出他是一位熟悉文化、钟情于文化的行家里手,是当时各地市文化局长中的佼佼者。我很欣赏,很喜欢!

我常在报刊上读到沛盛同志的诗。他的诗主题十分深刻,很多题材的选择、角度都非常新颖，一种情绪、一种印象、一种观念都流淌于诗行之中，做到了主题与题材完美的统一，主体与客体的和谐对位，并体现了诗人的个性色彩。沛盛同志的诗，表达出来的是一种真挚的感情，这种感情与他的内心世界息息相通，这种感情是他人生体验、审美情趣的结合。这种感情在诗中不仅仅表现于某些章节或某些诗行，而且渗透全诗，一以贯之。这种感情似一条流动线，曲折、起伏，直捣人们心底，久久回荡。读沛盛的诗是一种美的享受，一种心灵的启迪，一种人生的感悟。由于沛盛同志长期在基层工作，加上他深厚的文化底蕴和丰富的生活积累，他的诗语言非常生动感人，虚实的变化、通感的运用、群众语言的提炼，使他的诗歌语言具有浓郁的民族地域和时代色彩，令读者一见难忘！

沛盛同志说："诗是我生命的彩虹。有诗伴随的人生，无疑是绚丽多彩的人生。"正因为这样，他与诗结情半辈子。学生时代就爱诗、读诗、写诗。后来参加工作，走上领导岗位，仍笔耕不辍，而且成果颇丰。他的第一本诗集《远航》收入了他几十首精品佳作，出版后在诗坛反响很好。随着改革开放的不断深入，神州大地欣欣向荣的景象、繁花似锦的生活、八桂大地翻天覆地的变化、柳州工业的崛起……这些无不对诗人创作灵感以激发，他诗兴大发，笔下清泉般地流出了许多优美的诗句。改革开放三十年是他诗歌创作的旺盛时期，这个旺盛期一直延续到他退休，至今仍宝刀不老，诗情不断，佳作迭出。难能可贵！

那天，我去柳州，在柳江河畔遇见久别的沛盛文友。我们聊起了广西的文化，特别是对柳州市文化的发展，他有很多好的建议，可以看出他对文化事业的关心和关注。我打心底里敬佩这位老文化局长。后来，他很难为情地对我说："有件事情想请你帮个忙！"我说："老朋友了，有什么事你尽管说吧！"他说："原想到南宁找你，没去成，今天见你还是当面说吧！我想出本诗集，叫《放飞集》，再三考虑，还是请你作个序。书名是贺敬之老先生写的。不知能不能请你帮这个忙？"我拍了拍沛盛同志的肩膀，笑着说："行啊，这不是举手之劳吗！我尽快写好给你！"他紧紧握了握我的手，一股文友的真情凝聚在我们手中！

诗是至真的情怀，至善的精神，至美、至高的瞬间幸福的记录。读了《放飞集》，你一定会得到这种感悟和思想境界的升华。沛盛同志在诗中放飞激情，放飞赞歌，放飞爱情，放飞生命的交响，每一首诗篇都像一只白鸽，引领着我们在祖国的蓝天飞翔，去实现人生的梦想！

诗歌，浓缩人生，却能展现梦想！

是为序。

二〇〇九年三月三日于南宁

第四辑　雅韵辞赋

依饭节赋

时令冬至，南国气爽；仫佬山乡，喜气洋洋；
今日依饭，空前盛况；张灯结彩，欢歌飞扬；
包粽做粑，五色饭香；供牛奉猪，谷穗金黄；
清筵浊筵，祭拜仙娘；感恩天地，瑞气千仓；
三秋开泰，圣驾山乡；依饭佳节，欢乐共享。

仫佬始祖，蒙难遭殃；白马娘娘，从天而降；
扶摇始祖，飞离尘壤；山林兽害，多咬人伤；
万户萧肃，田园丢荒；白马仙娘，菩萨心肠；
善施无畏，兽口夺粮；薯芋造牛，耕耘峒场；
消灾祛难，佑护四方；仫佬重义，恩泽不忘；
三年一举，供奉仙娘；祭祀先祖，功德无疆；
每做依饭，溯源绵长；乐绕祠宇，铙钹闪亮；
师公舞蹈，诵经赞扬；恩同日月，功著辉煌。

各路神仙，佑得安康；人丁繁茂，事业有创；
五谷丰登，六畜兴旺；黄金遍地，白玉满堂。

天地鸿蒙，仫佬强壮；罗城宝地，岭南名邦；
悠久文化，三尖叫响；风情古朴，不凡文章；
好玩好耍，东门四把；想吃好饭，黄金龙岸；
天门天河，连通四方；中华盛世，万千气象；
八桂大地，昌盛吉祥；依饭盛典，丹凤朝阳；
子孙万代，继承弘扬；共建和谐，壮丽山乡！

注：三尖：指仫佬山乡山头尖、筷子尖、笔头尖。

新宅记

青秀山区，　风景旖旎；　绿树成荫，　青翠欲滴；
百花齐放，　多彩绚丽；　戊子之春，　阳光明媚；
开山铺路，　修建别墅；　二期工程，　群楼拔地；
四大班子，　乐业安居；　三十六栋，　吾之宅地；
三层小楼，　依山而立；　奇石小亭，　栽花植树；
简洁古朴，　风格别具；　清早漫步，　沐浴晨曦；
夕阳晚照，　更显生机；　四面友邻，　和睦相依；
如此佳境，　世代珍惜；　特撰此文，　子孙铭记。

和顺国旅赋

漓江之滨，天下美景，旅游胜地，举世闻名。改革开放，百业振兴，桂林志士，合作精诚。攻坚克难，组建和顺。白手起家，创业艰辛。风雨兼程，戴月披星。资金短缺，用心经营，经验不足，八方取经。和顺团队，协力同心。固本溯源，恪守诚信，游客至上，以人为本。广交有道，友善待人，宾至如归，游玩开心。和谐则顺，顺有利润，全国百强，榜上有名。业兴望重，前程似锦。

二十五载，成果丰盈，回首岁月，茂绩惟勤。当今时代，百舸相竞，不进则退，忧患常铭。优质和顺，乘胜挺进，追求卓越，业无止境。求实开拓，锐意创新，育才聚财，闪亮是金。华夏鼎盛，文化复兴，旅文联姻，整合至胜。富民强桂，万众心声，扬鞭奋蹄，八桂和顺！

桂学铭

八桂大地，风光旖旎；历史悠久，人物绚丽；民族荟萃，文化丰熠；广西腾飞，赖厥增翼。己丑仲春，雁山奎聚；首倡桂学，群贤献计。衡商其要，榷论鹄的；启觉域文，自信自励；探寻家藏，建立标极；整合资源，壮大实力；树其形象，助推经济。庚寅夏日，学会成立；桂学研究，风生水起。古今图籍，郁然披理；薪火相传，生生不息。南国之风，华夏称奇；民族复兴，文化崛起；富民强桂，桂学彰力。创新文化，坚持真理；任重道远，壮心不已；传播文明，千秋举义。

龙门水都记

南国绿城之西北，群山环抱，森林密布，沟涧纵横，流水潺潺，汇集成河，登高俯瞰，似巨龙自山中飞出。相传，古代有蛟龙，自武鸣蜿蜒而来，风雨相随，入深潭悠然不见，故称龙门岗。上世纪六十年代，群力筑坝截千流，储成水库，浩浩渺渺，湖光山色，风景旖旎。本世纪初，邕城儒商苏受吉先生爱乡心诚，出巨资修建景区，取名龙门水都。庚寅春动工，历时五载，铺路架桥，栽竹植树，建楼筑阁，修廊立亭；引书画名家，挥毫泼墨，吟诗撰联，碑刻遍布，奇石壮观；桂学大楼耸立，水上山寨漂动，亭台依水雅静，仿古长城逶迤，竹石作邻，青草如茵，四周花木争春，满目绚丽佳镜。壬辰龙年，立“百龙”石刻碑，上午八时天宫晴朗，树碑时突降天雨，继树“百云”碑，亦喜降甘霖。如今，龙门水都似仙女下凡，身姿婀娜，楚楚动人，八方游客慕名而来！正是：“巧手绘景龙门开，仙女嫣然抒幽怀。万般风情深有韵，宾客花前约重来。”功在当代，利及千秋。境由心造，心由情动，情生慈善，善从德来，美哉！善哉！厚德以载福矣！

瓦氏夫人铭

岭南圣地，田州古郡。物华天宝，人杰地灵。史有瓦氏，举世闻名。女中豪杰，抗倭精英。石柱女将军，明朝二品夫人！

公元一四九六年，瓦氏诞生，桂西归顺，壮乡山村！土官之女，名花姓岑。自幼勤劳好学，伶俐果敢。早年随父，政事兵法，战术武门，耳濡目染，牢记于心。跟兄习武，昏旦雨晴，灯前空地，月下草坪。长矛双刀，挥舞轻盈。数年苦练，武艺超群。晓以兵法，理通事政。造诣精湛，威武动人！长大成人，与岑猛成婚，改称瓦氏。

瓦氏夫人，刚直秉性，忠君爱国，恩怨分明。明朝嘉靖，倭寇猖獗，屡侵海境，烧杀淫掠，百姓不宁。朝廷征令，剿灭倭兵。瓦氏应征，58高龄，女官将领，率六千俍兵，远征江浙抗倭，铮铮示言："誓不与贼俱生！"历时四月奋战，瓦氏数请出征。瓦氏阵法，双刀武功，以少击众，十战九胜。威震倭胆，如奔逃遁。瓦氏夫人，巾帼英雄，常胜将军！

瓦氏官宦出身，土官岑猛夫人。严守妇道，刻苦节行。关心国事，助夫理政。主张修职图报，安抚遗民。革弊除害，严惩奸臣。修建义学，赐教惠民。民众尊之为姐，爱之如亲。公元一五五五年，59岁寿终正寝。历史灰飞烟灭，英雄万古长存。瓦氏夫人，民族英雄，朝廷忠臣。智勇双全，巾帼伟人！其德其道，其功其勋，青史永存！

（中共田阳县委员会、田阳县人民政府
公元二〇一四年清明敬立）

于成龙赋

于成龙,字北溟,生于 1617 年,山西永宁人。明崇祯年间副榜贡生,清顺治十八年(1661 年)授广西罗城知县,康熙二十年十二月后任两江总督,康熙二十三年四月病逝。他为官清廉,被康熙誉为“天下第一廉吏”。2014 年时逢罗城仫佬族自治县成立三十周年修建成龙湖公园,遂有感而作《于成龙赋》:

古时罗城,深山老林。偏僻荒芜,野兽横行。人烟稀少,地瘠民贫。赋税繁重,民不聊生。

成龙受命,执掌罗城。兴利除害,察吏安民。奖励生产,开荒耕耘。拒收火耗,安抚山民。严惩盗贼,匪乱遂平。创养济院,救助贫困。预防瘴疠,治病救人。仁心蕴抱,廉政爱民。三年离任,官民依依。遮道百姓,呼号送行:“清官于成龙,青天第一人!”有一瞎者,罗城平民,知其银少,执意伴行。途中遇雨,成龙困顿。全靠瞎者,一路算命,赖以糊口,助其回晋。廉洁如此,后人仰敬。

雁过留声，人过留名。成龙为官，清廉永印。闽省都察，不徇私情。执法决狱，讼风息平。驱除贪吏，拯救民生。总督两江，廉名著闻。益励情操，终生奉行。不义钱财，拒取分文。不谋家计，可谓清贫。衾帏敝陋，寿终正寝。捡点遗产，笥中微存。粟米五斗，三两簿银。康熙皇帝，赋诗赞曰：“秉性纯朴，廉介夙闻。朕心嘉赖，俾典节钺。保厘畿辅，激浊扬清。”“自昔崇廉洁，勤思吏道澄。郊圻王化始，锁钥重臣膺。政绩闻留牍，风期素饭冰。勖哉贞晚节，褒命曰钦承。”

嗟呼！封建社会，贪官孽生。成龙立志，誓不染尘。居官廉介，克己奉公，始终如一。垂之青史，千古留名。当今国人，企盼清平。反腐倡廉，水起风生。清除腐败，风清气正。实现梦想，中华复兴！

广西社科联赋

广西社科联,诞辰三十秋。挟时代风雷,得改革护佑。逐开放大潮,与文化同舟。三十春夏耕耘,八桂理苑繁茂,可贺可喜,成就永留!

学者恪守职责,贤士学识时修。担当使命,壮志必酬。牢固坚持理想信念,科学理论不懈追求。精神文明广泛传播,传统美德悠远长流。千年古树发新芽,中华儿女放歌喉。民族脊梁新地造,八桂英才显身手!

广西社科联,一枝花独秀。专家学者云集,科研著作高手。长年辛勤笔耕,论文卓越追求。理论联系实际,实事求是真做。探寻社科理论真谛,理论创新誓不罢休。敢攀登高峰,勇力争上游!优秀人才辈出,科研成果丰厚。"五个一工程"奖榜上有名,全国社科论文年年评优。标志广西研究实力,彰显八桂才子风流。

广西社科联,工作争一流。围绕中心服务大局,主动有为职能恪守，当好桥梁纽带，组织课题研究。推广优秀成果，评估作品劣优。甘于为人作嫁衣裳，愿化春雨浇洒枝头。促进文化发展，培养社科新秀。服务五个文明建设，助推经济更上层楼！

当今世界，百舸争流。文化交融，激荡争斗。敌人亡我之心不死，意识形态常有图谋。科学理论阵地，必须死死把守。任重道远，胸怀神州。铁肩担正义，妙手绘金瓯。

思过去，喜庆丰收，望未来，前程锦绣；纵步履，划策运筹，追时序，分秒淌流，再扬正能量，改革立潮头。

诗曰：

岁月如歌觅旧踪，激情总伴雨和风。科帜高擎诚心在，继往开来苦乐中。昨日辉煌成过去，琼筵贺喜莫矜功。科学理论牢把握，直挂云帆日正红！

潘氏宗长可权墓志铭

岭南之西，群峰林立，物华天宝，宾阳宝地。历史长河，宗族迁移。潘氏先祖，宾阳定居，勤耕苦劳，繁衍生息。公元一九三五年十一月二十一日，可权诞生，潘氏添丁添喜。人非生而圣贤，君子当自强不息。可权少年从戎，保家卫国献力。参加抗美援朝，不怕流血牺牲，战斗前赴后继。负过重伤，战功累立！后当空军，驾驶战机，继任航校教官，工作非常努力，教学孜孜不倦，刻苦钻研朝夕。转业河北，赴任公社书记，亦就职城建局。落叶归根，调回广西，平平职务，尽心尽力，坦荡蹉跎，迎风沐雨，任劳任怨，壮心不已！

二十世纪九十年代退休，开始潘氏文化研究，二十多年如一日，走南访北，奔东西跑，追根寻祖，遍地足迹。撰文立论，商榷宗迹。出国访问，亲情紧系。重病缠身，在所不惜，宁舍花甲之躯，誓把世界潘氏宗亲连成一体！经宗长不懈努力，二〇〇七年九月二十五日，荥阳祖籍，世界潘氏文化研究会成立，开创中华姓氏文化研究先例！载入潘氏史纪！

二〇〇九年六月六日，七十三岁的宗长可权寿终正寝。四方亲友悲恸，八方宗亲哭泣！可权宗长，一生正直，淡泊名利。忠诚爱国，艰难不惧，敬宗孝祖，身心倾注，诚实做人，做事无欺，德高望重，潘氏标极！其事其迹，潘氏荣誉，其心其愿，子孙铭记！

斯人已逝，斯业生生不息！

天一铭

天一生水，地六育成。两千年前，玄思惠恩，播下莲米，落地生根。佛光普照，雨露滋润。亭亭玉立，楚楚动人！天一实业，从此诞生。创业之路，历尽艰辛。沐雨栉风，雨后天晴。荷花烂漫，春色满庭。同仁同志，全员一心。循章依法，打造极品。讲求诚信，得之有本！举办职校，教学育人。精制良药，医治百病。人和家政，服务热心。荷出污泥，洁净一身。惠风和畅，香远溢清。铭德慈善，扶助乡邻。佛缘永随，事成业兴！和善之家，心有余庆！天一立地，一天太平！

八桂散曲赋

——在广西散曲学会成立大会上的致词

中华盛世，文化复兴。艺苑百花艳，文坛万象新；散曲历史悠久，曲苑诸家继承；陶冶情操，净化灵魂；散曲平仄相协，词性阴阳相迎；国人钟爱，繁花似锦，滋润心田，得其精韵；弘学问文章之气，扬道义仁爱之心，纳诸家妙笔，倾满腹真情。

金秋时节，喜事临门。广西散曲学会成立，八桂文艺大军添丁。文昌先生倡导，散曲造诣颇深，勤学苦练，不辍耕耘，积极组织，办事严谨，从容不迫，处事不惊，当选会长，绝对胜任。曲坛诸家艺人合璧，操心自守兼修擅诚；散曲之花绽放，艺术之美动人。

散曲博大精深，艺术高峰攀登。立足继承优良传统，勇于改革发展创新；注重意象情境，讲求曲式音韵；深入基层生活，体察平民百姓，弘扬真善美德，鞭挞假丑恶行，提高自身素养，创作传世精品，妙手挥动散曲艺术彩笔，同心描绘广西文化美景！

六十年文艺赋

——纪念广西文联成立60周年

南国六月，景明气清，满目翠绿，盎然醉人。文坛艺苑，繁花似锦。广西文联，六十诞辰，八桂欢腾，歌舞同庆。六十春秋，风雨同行，时光使月亮变得苍老，岁月使沧海几度扬尘。人随春意泰，文坛晓光新。文艺桂军，六十征程，闪动着他们的身影，回响着他们的足音。

忆建国初期，艰难困境，疮痍满目，百业待兴。党的文艺路线，贯彻双百方针；八桂文人，群情振奋，老一辈艺术家，焕发创作青春，满怀激情，共抒爱国心；各族精英，赤胆忠诚，感应时代，深入生活，辛勤笔耕，力创精品，多种文化和睦交融，八桂文艺情景动人。

难忘岁月，文艺受冲击，杂志被停刊，作家放下笔，艺人去种地，文联被关闭。百花凋零，万马齐喑。广西文艺，正处低迷。党佑中华，国力崛起，改革开放春风，吹拂神州大地。春逐阳光来，寒随一夜去。弊政恶例排除，打破文艺禁区。创作激情，如火喷出。广西文联恢复，协会重显活力，文艺期刊方兴未艾，文艺社团层出不穷，八桂文艺全面复苏，百花齐放多彩绚丽！

九十年代中期，文艺高潮迭起。花山会议，共商文学发展大计；宾阳会议，重振广西戏剧；百色会议，捕捉歌舞发展契机；百名艺术家会议，调动精英创作活力；签约制度，首开先例；五大战役，频频报喜，佳作累累人才辈出，文坛艺苑充满生机。百花奖、金鸡奖、金钟奖，“五个一”，鲁迅文学奖，舞台精品奖……太多的第一，太多的报喜！八桂文艺异军突起，中国文艺界关注，各级领导人赞许！实践出真知，发展是真理，自强是攀登的云梯，意志是奋斗者的动力！

迈入新世纪，朝阳照环宇；先进文化，所向披靡；艺苑百花艳，文坛万象新；文艺桂军，风发意气，薪火相传，自强不息，与时俱进，永不放弃。光阴荏苒，春华秋实。回望六十年，艰难历程，辉煌成绩。春风得意花千里，秋月扬辉桂一枝。总结过去，满怀豪情，展望未来，任重道远；站在时代前沿，鼓足探索勇气，坚持科学发展，尊重艺术规律。立足改革创新，提高文艺实力。竞显春之华，尽收秋之实，让文艺繁荣之花盛开八桂大地！

第五辑　八桂飞歌

绿色壮乡

一丝丝阳光，
洒落在南国大地上，
茫茫林海淹没村庄，
江河荡起绿色波浪，
蓝天多明净，
百鸟在歌唱，
辽阔田野充满希望，
这是什么地方？
啊！美丽的绿色壮乡！

一束束光芒，
照耀在祖国大地上，
春天奏响和谐乐章，
碧水流淌生活佳酿，

山河披锦绣，
大地梳新装，
神州洒满七彩虹光，
这是什么地方？
啊！可爱的绿色壮乡！

月亮湾

蓝色的海面，
金色的沙滩，
海滩环抱一个月亮湾。
春风拂海泛波澜，
哈妹红扑扑的脸蛋，
像朝霞传来笑声一串串。
手中的针线轻轻走，
织出的渔网比海宽，
阿哥哈妹手牵手，
生活过得比蜜甜。

绿色的红树林，
青色的云岭山，
绿树掩映一个月亮湾。

阳光照耀金灿灿，
独弦琴优美的歌声，
像春雨撒下梦想一串串。
远去船队回来了，
装满丰收沉甸甸，
京族儿女心连心，
共同建设美丽的家园。

我赞美故乡的土地

我赞美故乡的土地，
群山起伏逶迤千里，
肥沃的泥土散发着清香，
涓涓的山泉流淌着蜜汁。

我古老的民族，
世世代代在这里繁衍生息，
矫健的步履踏在艰难的山道，
行行脚印蕴藏着生命的希冀！

春光驱散了层层山雾，
太阳射出炽热、永恒的光柱，
沉睡千年的土地从梦中苏醒，
仫佬山乡从此充满生机。

龟裂的梯田飘洒春雨，
枯黄的山岭披上碧绿的新衣，
富裕的种子在泥土里萌芽，
勤劳的仫佬人用心血把它培育。

改革开放大潮使山乡流金淌玉，
林荫中掩映着一排排新的屋宇，
山间伸展着一条条新路，
平坝地上一座座工厂崛起。

啊，故乡的土地你神奇、美丽，
六十个春秋你翻天覆地，
我要把千山万垌的青竹制成新笛，
为你奏一支清脆动听、悦耳的乐曲！

南国美

水清清，

山滴翠，

南国景色无限美，

群山翻绿浪，

大海浪花飞，

漓江两岸风光好，

壮乡瑶寨尽朝晖，

这里的茶香飘万里，

这里的珍珠世界最，

南国无限美，

山水如画令人陶醉！

天蓝蓝，

彩云飞，

南国春光多明媚，
大地铺锦绣，
铜鼓震天擂，
花山壁画多神奇，
三姐故乡歌声脆，
这里的民风浓如茶，
民族和谐一辈辈，
南国无限美，
美好蓝图我们已描绘。

我们是姐妹弟兄

中国—东盟，
我们是姐妹弟兄。
热血一起沸腾，
脉搏一起跳动。
大海是腾飞的翅膀，
大山是昂起的雄风。
共同创造东方的文明，
我们一起托起世界的繁荣！

中国—东盟，
我们是姐妹弟兄。
春天一起希望，
秋天一起成功。
彩云是飘逸的衣裙，

鲜花是绽开的笑容。
拥有同样的美好理想，
我们托起明天的繁荣！

京族姐妹

山吻着水，
水吻着天，
大海映照哈妹的笑脸。
鱼儿游得欢，
荔枝长得甜，
岸边红树林，
翠绿连成片，
青山绿水换新颜。
金色的沙滩哟，
京族姐妹的家园！

花吻着海，
浪吻着船，
渔网编织姐妹的心愿。

弹起独弦琴，
唱着新渔歌，
歌声荡蓝天，
鱼儿装满船，
又是一个丰收年。
蓝色的大海哟，
京族姐妹成真的梦幻！

拥抱大新

曾有过多少的期待，
走进你青山绿水的舞台，
看看万顷蔗海翻新浪，
领略德天瀑布飞虹彩，
遥望满坡龙眼飘绿带。
啊！拥抱大新，
张开双臂扑进你的胸怀，
捧上一片真挚的热爱！

曾有过多少次豪迈，
走进你天然和谐的世界，
听到壮家优美的山歌，
欣赏明仕田园的风采，
更喜锰都美名传四海。

啊！拥抱大新，
激情满腔，心潮澎湃，
愿你奋进开创辉煌的未来！

梦想的海岸

蓝色的海湾，
绿色的家园。
林海覆盖十万山，
金花茶绚丽神奇，
京族琴声飘云端，
百瀑飞流天仙舞，
山歌满海鱼满船，
千里海岸似画卷。
多彩的防城港，
放飞梦想的海岸！

金色的沙滩，
沸腾的港湾。
千帆竞发多壮观，

开发热浪涌三岛，
这里处处捷报传，
面向东南亚大海，
背靠西部好山川，
海山河连成一片。
腾飞的防城港，
放飞梦想的海岸！

醉美昭平

难忘昭平美，
难舍茶乡情。
昭平银杉(茶)连天绿，
清茶飘香沁人心。
绿油油的茶山生着金，
清冷冷的溪水流出银。
物华天宝人杰地灵，
啊！醉美在昭平！

我爱昭平美，
愿做茶乡人。
黄姚古镇扬天下，
历史文化承底蕴。
连绵绵的高山是臂膀，

宽阔阔的桂江是精神。
民风如茶歌声动听，
啊！醉美是昭平！

南国之丹

美丽神奇的南国，
有一个古老的传说。
大地弥漫希望的芬芳，
铜鼓擂动先民的探索。
千年朱砂炼成仙丹，
南丹是不老的诱惑。
啊，南国之丹，
你是奔腾不息的历史长河！

美丽神奇的南国，
有彩云从这里飘过。
丹泉散发醉人的醇香，
山寨燃起狂想的篝火。
献上丹心一片挚爱，

满腔热血丹润祖国。
南国之丹，
你是璀璨恒星永远闪烁！

美丽神奇的南国，
有绚丽多彩的花朵。
春风吹拂瑶妹百褶裙，
朝霞映照苗女的银镯。
巧手描绘秀美的家园，
心灵酿造甜美的生活。
南国之丹，
你是美妙动听的一首赞歌！

红色河池

红土地上有条红水河，
红水河流淌红色的传说。
红七军曾在这里战斗过，
热血谱写红色长歌。
红旗招展天地祥和，
各族人民过上幸福生活！

红土地上有座九万山，
九万山开放红色的花朵。
刘三姐故乡歌声永不落，
铜鼓擂动歌海碧波。
春风送爽寿乡蓬勃，
红火火的时代尽情欢乐！

啊！美丽神奇的河池，
红色的土地红色的长河！
红透了喜盈盈的大地！
红遍了热腾腾的南国！

南国之春

北部湾涌起波涛，
九万山掀开喧闹。
春雨洒遍八桂大地，
春风飞上丛林树梢，
我们带着满腔激情，
追随春天的路标。
啊，南国之春，
到处涌动着希望的春潮！

漓江水朝阳映照，
红水河奔腾咆哮。
春花在山冈上怒放，
春意在阳光下微笑，
我们怀着美好的梦想，

投进春天的怀抱。

啊！南国之春，

春风里传送绿色的捷报！

百色梦

你在高山峻岭上飞翔，
你在茫茫林海中奔放，
你身边红七军旗帜在飘扬，
右江河谷掀起革命的巨浪。
南国红色歌谣嘹亮，
壮乡洒满七彩阳光，
啊！百色梦想！
点燃红色的烈火，
托起今天的太阳！

你身躯是华夏的脊梁，
你胸怀是儿女的柔肠，
你的追求是建设美丽家园，
你给我们带来明天的希望。

碧水流淌生活佳酿，
蓝天明净百鸟歌唱，
啊！百色梦想！
拥抱绿色的大地，
奔向美丽的小康！

永福啊永福

有一个美丽的地方叫永福，
三江四水清流汇聚。
山水灵秀，板峡圣湖，
茅江清流，逐水居住，
金钟泉韵，龙凤共舞，
漓湘岭海，八桂明珠。
啊！寿乡永福！
寿星辈出圣洁的热土！

有一个古老的地方叫永福，
文化丰盈民风古朴。
永宁古镇，涤尘拓路，
文武状元，眠云千古，
百寿珍图，美名不虚，

彩调神韵,名驰九土。

啊！寿乡永福!

人民安康永远幸福!

瑶山飞歌

淌过溪,爬过坡,
一路汗水一路歌。
歌中有故事,
歌里有寄托,
瑶山歌儿好洒脱,
声声飘上白云朵,
一路逍遥乐悠悠,
欢歌笑语伴锦绣,
彩云开出幸福路,
瑶家歌儿飞出山窝窝!

越过涧,渡过河,
一路牵手一路歌。
歌中有希望,

歌里有追求，
春江千条向东流，
圣水名山景色秀，
心灵如同山水美，
支支瑶歌敬朋友，
朝霞拥抱天下客，
瑶山歌声飞出心窝窝！

心中的壮锦

太阳是金,月亮是银,
金丝银线织成美丽的壮锦。
流水欢歌是绿色的晨曲,
姹紫嫣红是壮家的风情,
花山是甜润的梦境,
千歌赞不尽壮乡的美,
万曲抒不完奔放的情,
啊!我心中的壮锦!

太阳是金,月亮是银,
金丝银线织成明天的壮锦。
九万山是追求的起点,
红水河是奔腾的生命,
春风唤醒沉睡的大地,

诗行盛不下丰收的欢欣，
彩笔描不完明天的美景，
啊！我心中的壮锦！

壮都——田阳

一座座青山依偎在右江旁，
百里河谷翻滚绿色的波浪。
这是远古的生命，
布洛陀生长的地方。
厚重土地养育壮家儿女，
奔腾江河流出圣洁篇章。
啊！壮都田阳！
壮族文明在这里激荡，
红七军旗帜在这里飘扬，
金色的田野撒满阳光！

一座新城耸立在右江旁，
美丽壮乡闪烁着光芒。
这是儿女的柔肠，

瓦氏夫人的故乡。
赶山的队伍浩浩荡荡，
嘹歌阵阵在彩云间飞翔。
啊！壮都田阳！
满山遍岭瓜果飘香，
壮锦绣出美丽的梦想，
绿色田野上撒满阳光！

有一条古老美丽的河

——贺州市市歌

有一条古老美丽的河，
那是大地跳动的脉搏。
生命里涌动青春豪迈，
血液中流淌动人传说。
彩虹肩挑千峰万壑，
古道通向遥远村落，
西水东去百舸争流，
星光点亮万家渔火。
古老的贺江啊！
用甘甜乳汁酿造美好的生活！

有一条古老美丽的河，
那是天上飘下的银梭。

烟霞里织出多彩瑶绣，
浪花中飞出客家山歌。
新城一梦飞越风霜，
黄姚仙境多姿婀娜，
八桂明珠日夜闪烁，
各族人民幸福生活。
美丽的贺江啊！
邀春风化雨滋润富饶的南国！

第六辑　且听风吟

人生之旅

人生之旅，
有无数扑朔迷离，
逆境像重锤锻钢成器，
锐气是发动和推进的动力，
机遇是走向成功的枢纽，
不变的信念能创造奇迹，
汗水与收获是忠实的伙伴，
啊！奉献是生命真正的意义！

人生之旅，
有许多弯弯曲曲，
拼搏是铁铲推平崎岖，
超越是创造和升华的武器，
自信是钢浇铁铸的脊梁，

满腔的激情是创业的羽翼，
理想与奋斗是亲密的伴侣，
啊！振兴神圣事业是人生的真谛！

快乐乡村行

载着月光，
披着星星，
不管冬或夏，
不分雨和晴，
送上一份温暖，
捧出一片爱心，
滴水之助千般情，
希望田野绘美景！
啊！快乐乡村行！

踏着青山，
穿过彩云，
无论你和我，
不分疏与亲，

献上一份真诚，
种下一片绿荫，
青山绿水皆有情，
神州大地满园春！
啊！快乐乡村行！

胡杨树

你默默忍受荒凉的无奈，
孤独地向苍天倾诉相思的情怀，
千里荒漠无法将你的真情掩埋，
人生感叹在你面前都变得苍白。
啊！胡杨树，胡杨树！
我时时在梦中醒来，
我常常在风雨中等待，
愿为你把心扉打开，
愿为你献上挚诚的爱。
啊，可爱的胡杨树！
我踏着风尘向你走来，
只为了目睹你的风采！

为生命站岗

南国绿城，洒满阳光，
青翠燕岭，歌声飞扬。
神圣的白衣战士，沐浴朝阳，
我们为亲人生命站岗。
夜以继日，劳累繁忙，
防艾防疫，救死扶伤，
圣洁双手托起生命希望，
博大胸怀温暖和谐家园，
白衣天使，实现我们美好梦想！

南国绿城，洒满阳光，
青翠燕岭，歌声飞扬。
光荣的白衣战士，坚定信仰，
我们为百姓生命站岗。

春夏秋冬，汗水流淌，
抗击瘟神，生命共享，
美丽心灵绘就多彩世界，
满腔深情谱写医学华章，
白衣天使，创造人类生命的辉煌！

山妹子

山妹子不用珍珠露，
山妹子不用新时装，
背上掮着小竹篓，
唱着山歌上山冈。
山花在阳光下鲜艳开放，
歌声在山间荡漾。

山妹子上山采茶忙，
山妹子欢乐撒山冈，
采满春光一篓篓，
装下山乡的希望。
朵朵山花因山妹子漂亮，
山妹子因山花而芬芳！

你是我的唯一

你的容貌像山水秀丽，
你的歌声像山泉清晰。
壮家的阿妹，
甜甜的笑容陶醉天地，
暖暖的歌声飘荡彩云里。
山歌养育我和你，
岁月凝聚我们的情谊，
一生的情歌送给你，
一世的爱恋献给你，
你是我的唯一。

盛世中华

五千年漫漫岁月，
五千年悠久文化，
历史长河流走多少春秋，
岁月沧桑点染多少冬夏；
华夏千古的创痛，血雨挥洒，
中华儿女前赴后继，翻卷风云，
苍茫大地燃烧万里长夜愤怒的火花！
征战划开世纪的狂飙，
东方升腾起一片灿烂的朝霞！
今天，我们豪迈地告诉世界，
炎黄子孙以无比的聪明才智托起盛世大中华！

巍巍昆仑披着绿装，
滔滔黄河挽起金色的浪花，

五彩云啊，追逐峨眉的皎月，
明媚的春光洒落巫山峡，
翠竹桂树掩映漓江水，
黄菊点缀大雁塔，
江南水乡连通四海，
塞北草原腾跃着肥牛、骏马！
春天的故事传遍大江南北，
改革开放的雨露让神州大地似锦繁花！

浩荡的春风驱走了残余的贫寒，
荒芜的土地上高楼在云天间挺拔，
金灿灿的谷穗堆满仓，
白生生的羊群满山崖，
甘甜的春雨滋润着小康的鲜花。
春光里科学技术长足发展，
春雨中文化艺术兴旺发达，
遨游太空，嫦娥奔月，
不再是传说中的神话！

啊！长江起舞，黄河高歌，
全球的节日相聚在华夏，
五星和五环牵手在北京，

上海外滩鸣放世博的礼花，
羊城点燃亚运的圣火，
南国绿城的民歌传遍天下。
三山五岳齐奏祖国统一的旋律，
五十六个民族共述团结和谐的佳话。
三阳应律乾坤泰，
万象回春日月华。
四化宏图呈盛世，
五云捧日灿丹霞！

啊！华夏儿女高扬理想，雄姿英发，
为实现中华民族的伟大复兴，
继往开来，扬鞭跃马！

宝石赞

精美的宝石，
世间珍品之王。
晶莹莹的身姿，
透彻彻的品相，
千里西江涌动的宝藏。
华贵的首饰，
美丽的盛装，
有了你更加富贵堂皇！

精美的宝石，
人们心驰神往。
纯洁洁的品质，
闪烁烁的光芒，
千年水城宝石的故乡。

秀水的沧桑，

黄金的走廊，

共同奔向富饶的小康！

文艺惠民工作之歌

文艺惠民好处多,男女老少乐呵呵。
七十老汉打腰鼓,八十婆婆唱山歌。

文艺惠民气象新,富学乐美好开心。
那天我从武鸣过,酒不醉人歌醉人。

文艺惠民结硕果,好戏连台歌成河。
琴棋书画样样会,欢欢乐乐过生活。

文艺惠民开新花,万众一心培育他。
八桂大地谱新篇,鲜花献给十八大。

把热情洒满人间

邕江两岸百花争艳，
青山叠翠连接蓝天，
南国绿城有一座美丽的家园。
典雅的环境，
舒适的空间，
浓浓的民族风情，
美美的岭南盛宴，
风味俱全，
特色建店。
啊！南宁饭店美丽的家园，
文明礼仪四海相传。

邕江两岸百花争艳，
青山叠翠连接蓝天，

南国绿城有一座温馨的家园。
优秀的团队，
甜美的笑脸，
悠悠的歌声飘荡，
绵绵的情谊相连，
爱店敬业，
感恩奉献。
啊,南宁饭店温馨的家园，
我们把热情洒满人间！

梦里回茶乡

春风吹拂绿色的海洋，
你散发醇醇芳香，
纯洁质朴，晶莹剔透，
焕发烂漫光芒，
像一股暖流渗透我心房。
怀着思念的情愫，
我梦里回茶乡！
啊！你飘洒一片美好的希望！

春雨滋润绿色的茶乡，
你不倦尽情绽放，
青翠欲滴，高雅圣洁，
身穿飘逸素装，
像一位少女依偎我身旁！

闻到浓浓的芬芳，

我心念在飞翔！

啊！你带给茶乡幸福吉祥！

我心中的天一

时刻依恋着你，
我心中的天一，
你慈善，你美丽，
你是民众的朋友，
你充满和谐的诗意。
啊！我爱你天一！

热情拥抱你，
我心中的天一，
你纯真，你心仪，
你是圆梦的天使，
你给人健康的希冀！
啊！我爱你天一！

我们的血脉相连

华夏文明五千年，
我们同根又同源，
身上流淌炎黄的血液，
季孙公是我们的祖先。
天涯海角千万里，
我们的血脉相连，
忠诚爱国,英雄果敢，
宽厚包容,刚韧志坚，
啊！潘氏精神代代相传，
国强民富我们任重道远！

华夏文明五千年，
我们同根又同源，
肩负了却祖辈的遗志，

大中原是我们的家园。
家族宗亲遍四海，
我们携手并肩，
风流儒雅，团结友善，
聪颖机智，宁静志远，
啊！潘氏品德光切幽泉，
华夏复兴梦想定要实现！

青春之歌

我为青春唱首歌，
歌中有你也有我。
我们携手走在阳光下，
采撷那鲜艳的花朵，
怀抱美好的梦想，
点燃人生燎原的星火！

我为青春唱首歌，
歌中有苦也有乐。
我们健步在人生旅途，
经历过顺利与坎坷，
牢记青春的承诺，
尽心装扮美丽的中国！

啊！青春之歌！
时代的强劲音符，
响彻云霄，气壮山河！

锦绣前程充满阳光

——邕江大学校歌

清清邕江水，
滔滔邕江浪。
带着美好的梦想，
我们欢聚一堂。
师生情谊长，
同窗读华章。
责任、自强、诚实、进取，
我们一起放飞理想！

座座青山舞，
朵朵彩云祥。
投身实践的课堂，

我们热血满腔。

知识是力量，

砺志成栋梁。

责任、自强、诚实、进取，

锦绣前程充满阳光！

我们为生命站岗

——南宁市第四医院院歌

生命美丽，
如花芬芳，
我们是光荣的白衣战士。
为亲人的生命站岗，
起早贪黑日夜繁忙，
抗击病魔救死扶伤，
一片爱心营造温馨和谐的家园。
圣洁双手托起生命的希望！
啊！实现我们最美好的梦想！

生命壮丽，
如旗飞扬，
我们是神圣的白衣战士。

为人类的生命站岗，
春夏秋冬汗水流淌，
拯救生命苦乐共享，
满腔深情描绘五彩缤纷的世界。
美丽心灵谱写医学新的华章！
啊！创造人类生命的辉煌！

矿山开拓者

——百色矿务局之歌

离别家乡扎根荒原，
艰难岁月立下誓言，
精神不倒目标不变，
苦脏累险无悔无怨。
幸福在手中创造，
意志在困难中磨炼。
啊——
我们是矿山开拓者，
用双手建设美好家园！

春风吹拂大地盎然，
流金岁月跃马扬鞭，
科学开采人本安全，

和谐矿区生态花园。
生命在燃烧中闪光，
奉献在掘进中实现。
啊——
我们是矿山开拓者，
用汗水播种美丽春天！

壮乡展宏图

——东巴凤大会战之歌

山在擂鼓，水在欢呼，
打开一个宝库，开发一片热土。
赏不尽红水河畔夜明珠，
看不完大石山中新建筑，
数不清山塘水柜满山坡，
赞不尽崇山峻岭变通途。
东巴凤大会战，壮乡展宏图，
西部大开发，世代得幸福！

鸟在歌唱，林在起舞，
建设西南通道，开辟小康新路。
赞不尽和煦春风吹拂，
游不够壮乡瑶寨景色美，

表不完民族团结如手足，
唱不尽党的恩情胜父母。
东巴凤大会战，壮乡展宏图，
西部大开发，世代得幸福！

生命之花

——电视连续剧《人民利益》主题歌

生命之旅有无数扑朔迷离，
胆怯会被生活抛弃，
征服自己是人生的胜利，
不变的信念能创造奇迹，
汗水与收获是忠实的伴侣，
奉献是生命真正的意义！

人生之旅有许多坎坷崎岖，
勇者从不因此畏惧，
岁月洗礼是生活的外表，
满腔的激情是创业的羽翼，
理想与奋斗是亲密的伴侣，
生命之花绽放多彩绚丽！

我们相会漓江畔

——和顺国旅之歌

清清的水，绿绿的山，
我们相聚漓江畔。
和谐是创业的基石，
顺心是不变的诺言。
打造南国旅游品牌，
构建欢乐温馨家园。
心灵与山水同美，
真情挚爱洒满人间。

暖暖的风，蓝蓝的天，
我们相会漓江畔。
友善是行动的准则，
诚信是永恒的信念。

笑脸迎接天下游客，
四海宾朋大团圆。
和顺与朝阳同晖，
热情拥抱灿烂的明天！

为了美好的向往

——保健养生学会会歌

迎着春风，
沐浴霞光，
人生美好的向往。
快乐健康，
探索保健秘诀，
吸取科学营养。

心平气和，
庄敬自强，
真情滋润心灵，
奉献强身妙方。
啊！康健生快乐！
快乐生健康！

拥抱太阳，
手捧月亮，
追求美丽的梦想。
长寿安康，
保护自然生态，
构建养生天堂。

宁静致远，
喜乐有常，
心灵与山水同美，
焕发人生正能量。
啊！康健生快乐！
快乐生健康！

万里坦途壮锦铺

——桂林交投之歌

当代愚公挥天斧，
修筑八桂高速路。
抓铁有痕，踏石留迹，
披荆斩棘，风餐露宿，
登峰过涧，腾云驾雾，
敢教天堑变坦途！
啊！我们是新时代的开路人，
用金钥匙打开大地的宝库！

山川江河擂金鼓，
万里坦途壮锦铺。
漓江如练，繁花簇簇，
穿市过县，风光一路，

百年夙愿，国强民富，
民族复兴铸鸿图！
啊！我们是新时代的开拓者，
用青春铺平实现梦想的道路！

桔送吉祥

——金桔文化艺术节主题歌词

美丽的融江，
绿色的山冈，
金色的大地，
久负盛名的金桔之乡。

金桔的甜香，
丰润的品相，
南国的珍宝，
香味四溢的果中之王。

千年的桔乡，
桔歌情意长，
歌中有故事，

桔乡有梦想，
金桔运四海，
友谊连八方。

啊！美丽融安！
桔送吉祥！